10대, 교과서 대신
1000권의 책을 읽어라

유튜브와 독서가 답이다

10대, 교과서 대신 1000권의 책을 읽어라

초판인쇄	2019년 7월 20일
초판발행	2019년 7월 25일
지은이	안병조
발행인	조현수
펴낸곳	도서출판 프로방스
마케팅	최관호 최문섭
IT 마케팅	신성웅
디자인 디렉터	오종국 Design CREO
ADD	경기도 고양시 일산동구 백석2동 1301-2
	넥스빌오피스텔 704호
전화	031-925-5366~7
팩스	031-925-5368
이메일	provence70@naver.com
등록번호	제2016-000126호
등록	2016년 06월 23일
ISBN	979-11-6480-003-2 03810

정가 13,800원

파본은 구입처나 본사에서 교환해드립니다.

10대,
교과서 대신
1000권의
책을 읽어라

유튜브와 독서가 답이다

안병조 저

P. 프로방스

"20대, 3년 천권을 읽다"

만약 내가 10대 시절 교과서만 보지 않고
1,000권의 책을 읽었더라면 10대 시절부터 내가 꿈꿨던 삶을
살 수 있었을 텐데라는 아쉬움이 있다.

2014년 책 한 권을 읽기 전까지 나는 평범한 삶을 살고 있던 20대 청년이었다. 이 책 한 권이 나의 삶을 바꿀 것이라고는 단 0.1%도 생각하지 못했다. 이 책은 바로 김병완 작가가 쓴 〈48분 기적의 독서법〉이다. 이 책은 26번째 생일선물로 받았다.

준희형이 써준 것처럼 이 책이 나에게 역대급 선물이 되었다. 이 책을 통해 다시 한 번 나에게 책을 선물해준 준희형에게 감사의 인사를 전하고 싶다. "내가 알고 싶은 것은 모두 책에 있다. 내가 읽지 않은 책을 찾아주는 사람이 바로 나의 가장 좋은 친구

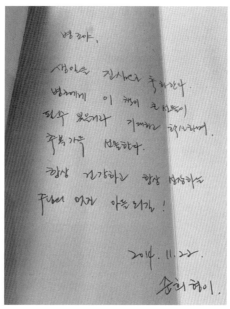

준희형이 책 면지에 써준 편지

다"라고 말한 링컨 대통령의 말이 삶으로 이해가 되었다.

　김병완 작가는 '책 한권으로 인생이 변했다' 라고 말하는 사
람을 경계하라고 말했다. 나도 이 책 한권으로 인생이 변한 것은
아니다. 이 책의 내용 중에 나에게 도전을 주는 내용이 있었을

뿐이다. 책 한권으로 삶이 바뀌었다고 말하는 사람은 1,000권의 책이 삶을 어떻게 바꾸어줄지 상상도 못 할 것이다. 그 사람이 그 1권으로 인해 계속 책을 읽었더라면 엄청난 영향력을 받고 위대한 사람이 되었을 것이다.

〈48분 기적의 독서법〉의 핵심은 3년 동안 하루 중 오전 48분, 오후 48분을 투자해서 3년 동안 1,000권의 책을 읽으면 인생이 변한다는 것이다. 작가가 48분을 강조한 이유가 있다. 책이 쓰일 당시 우리의 평균수명은 90세였다. 90세의 인생 주기를 하루 24시간으로 비유하면 90년 중의 3년이란 시간은 하루 중 정확히 48분에 해당한다고 한다. 단순히 교양이나 취미를 위해서 읽으라고 하는 것이 아니다. 같은 양의 책을 읽더라도 1,000권을 30년 동안 읽는 것과 1000권을 3년 동안 읽는 것에는 어마어마한 차이가 있다. 그래서 작가는 하루에 2번만 독서에 미쳐보라고 한다. 양이 질을 이긴다는 말을 들어 봤을 것이다. 저자가 말했던 '집중독서'를 나도 실천해서 임계점을 돌파함으로 인해 성공적인 삶을 살고 싶었다. 그래서 나는 3년 동안 1,000권을 읽겠다는 미친 목표를 세우게 되었다.

결과부터 말하면 난 3년 동안 1000권 읽기에 실패를 했다. 실패했는데 '무슨 책을 쓰냐?'라는 의문을 가질 것이다. 난 3년 동안 947권의 책을 읽었다. 실패는 맞지만 그렇다고 실패라고 말하기에는 어려운 숫자라고 생각을 한다. 내가 실패한 이유는 3년 차 10개월 때부터 책읽기에서 책 쓰기로 마음이 빼앗겼다. 책읽기보다는 책 쓰기에 에너지를 쏟다 보니 막판에 책읽기에 집중을 못하게 되었다.

다시 말하지만 난 3년에 1000권 읽기에는 실패했다. 처음에 도전을 시작할 때 주변사람들이 내가 실패할 것이라고 생각했다. 내가 산만하고 하나에 집중 못하는 성격이기 때문이다. 그런데 내가 실패할 것이 확실하기 때문에 도전을 하지 않았다면 어떻게 되었을까? 947권을 고사하고 3년 동안 100권의 책도 읽지 않았을 것이다. 그랬다면 지금의 삶과는 180도 다른 삶을 살고 있었을 것이다. 4권의 책을 출판하지도 못했을 것이고, 인도에

3개의 도서관도 짓지 못했을 것이고, 세계여행을 하며 어렵게 살고 있는 세계이웃들을 돕지 못했을 것이다.

내 삶을 바꾼 것은 바로 독서하는 '습관'이다. 내가 처음부터 앉아 있는 걸 잘하는 사람은 아니었다.

선생님의 편지

수업시간에는 가만히 앉아 있지 못해서 수도 없이 혼났던 아이였다. 30대가 된 지금도 '가만히 좀 있어라'는 이야기를 듣는 사람이다. 너무 말이 많아서 물에 빠지면 엉덩이만 뜰 것이라는 소리를 듣곤 했다. 왜냐하면 하도 말이 많다보니 물에 빠져도 살려달라는 말보다 지나가는 물고기랑 이야기할 것 같다는 것이다.

이런 나도 3년 동안 1000권 읽기를 도전했다. 십대들도 마음을 먹고 책 읽는 것을 습관으로 만들 수만 있다면 이 책을 읽는 당신도 변화될 수 있다. 그러니 '독'서를 하기 위해 '독'한 마음은 먹어야한다. 난 독서를 하기 위해 3가지를 포기했다. 당시에 나에게는 정말 소중했던 것이다. 그런데 진짜 소중한 '내' 인생을 위해서 소중한 것들을 포기할 수 있어야 진짜 내가 원하는 삶에 도달할 수 있다. 1순위는 소중한 것들이 아닌 바로 나 자신이다. 그러니 내가 포기했던 것은 내 삶에 2순위, 3순위, 4순위였던 것들이다. 쇼핑, 영화보기, 스타벅스에서 사람만나는 것. 나는 쇼핑에 미쳐있었다. 인터넷쇼핑을 거의 매일했고 일주일에 1~2번은 꼭 남포동(부산시내)에 가서 구제, 보세 쇼핑을 했다. 그리고 마지막에는 라코스테 라이브에 가서 쇼핑을 했다. 20대 중반인 나에게는 라코스테의 옷값이 결코 싼 금액이 아니었다. 그런데 난 책 읽는 습관을 갖기 위해 가장 먼저 쇼핑을 포기했다. 인터넷 쇼핑을 해도 1시간은 훌쩍 지나간다. 그런데 시내에 나가서 쇼핑을 하게 되면 시내에 나가기 위해 준비하는 시간, 시내까지 이동하는 시간, 쇼핑하는 시간, 밥 먹는 시간 모두를 합쳐서 최소한 3시간이 흘러간다. 결코 작은 시간이 아니다. 난 독서하는 습관이 생기기 전까지는 쇼핑을 하지 않기로 마음을 먹었다. 정확하지는 않지만 약 1년 정도 쇼핑을 하지 않았던 걸로 기억한다.

영화 또한 보는 시간만 약 2시간이지 영화 한 편 보기 위해 소요되는 시간은 4시간 이상이다. 영화 또한 1년 동안 거의 한 편도 보지 않았다. 마지막으로 스타벅스에 가지 않았다. 스타벅스 음료 값은 결코 싸지 않다. 그런데 난 스타벅스에서 그린 티 프라푸치노를 주로 마셨다. 스타벅스에서도 가장 비싼 음료수다. 음료 값도 비쌌지만 스타벅스에서 사람을 만나 시간 가는 줄 모르고 수다를 떨다보면 시간이 훌쩍 흘러 하루가 그냥 지나갔다. 난 내 삶에서 가장 크게 차지했던 이 3가지를 포기함으로 인해서 독서하는 시간을 확보했다.

　이 3가지를 포기했다고 해서 바로 독서습관이 생겼을까? 책에 집중을 하고 술술 읽었을까? 그랬다면 난 이 책을 쓰지 못했을 것이다. 도저히 책이 읽어지지가 않았다. 집에서는 도저히 책을 읽을 수가 없었다. 책상에 앉으면 갑자기 화장실에 가고 싶고, 화장실에 갔다 오면 물이 마시고 싶고, 물을 마시고 오면 책상이 더러워 보였고, 책상을 치우고 나면 잠깐 눕고 싶어지고……. 이 정도만 말해도 다들 공감이 될 것이다.

　그래서 마지막으로 집을 포기했다. 그렇다고 가출을 했다는 것이 아니다. 아침에 일어나면 씻고 아점을 먹고 카페로 갔다. 그리고 카페에서 11시부터 저녁 8~10시까지 독서를 했다. 카페에 갔다고 바로 달라지지 않았다. 스마트폰을 계속 봤다. 전화는 왔는지, 페이스북에 어떤 이야기들이 올라왔는지 등 확인했다. 하루 종일 책을 읽어도 한 권도 채 읽지 못했던 날들도 많았다. 그런데 포기하지 않고 매일 이 짓을 몇 개월 동안 했다. 그 결과 독서습관이 잡혔다.

　나쁜 습관은 1초 만에 내 것으로 만들 수 있지만 좋은 습관은 내 것으로 만드는 것은 너무 어려운 것 같다. 의지적으로 하지 않으면 성공하기 어렵다. 그렇게 힘들게 잡은 독서습관이지만 하루 안 읽으면 그 다음날부터 책 읽기가 싫어진다. 그저 편하게 살고 싶은 게 사람의 본성인 것 같다.

　그래서 책을 쓰게 되었다. 지금까지 실패했던 방법으로 다시 도전해봤자 또 다시 실패를 할 수밖에 없다. 생각을 바꿔야한다. 틀을 바꿔야 한다. 실패하지 않는 방법을 생각할 것이 아니라 성공할 수밖에 없는 방법만 생각을 해야 한다. 이 책은 10대를 위해서 썼다. 그렇다고 10대에만 적용 되는 것이 아니다. 모든 연령대에게 도움이 될 것이다. 내가 10대를 위해서 쓴 이유는 단 하나다. 만약 내가 10대 시절 교과서만 보지 않고(그렇다고 공부를 열심히 한 건 아니다) 1,000권의 책을 읽었더라면 10대 시절부터 내가 꿈꿨던 삶을 살 수 있었을 텐데라는 아쉬움이 있다. 후회한다고 10대 시절로 다시 돌아가지 못하니 지금 10대 시절을 보내고 있는 친구들은 후회하지 않을 수 있도록 돕기 위해 이 책을 쓰게 되었다. 아무쪼록 이 책을 읽고 내가 그랬던 것처럼 이 책 또한 십대들에게 큰 선물이 되었으면 한다. 난 확신한다. 이 책을 통해 당신의 삶에도 기적이 일어날 것을!

2019년 7월 한 여름에...

저자 **안병조**

Contents | 차례

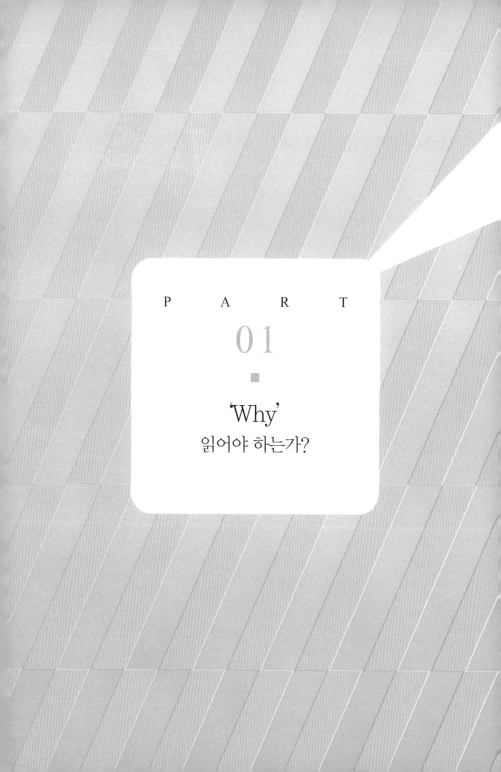

P A R T

01

'Why'
읽어야 하는가?

1,000권의 책을 읽는 다면
1,000명의 지혜와 그들이 제공한 지식정보를 통해
위대한 성공의 길을 걸을 수 있게 될 것이다.

01

왜 십대 1000권인가?

10대 시절 난 사고를 많이 치는 학생이었다. 친구랑 싸움을 해서 어머니께서 학교에 불려온 적도 있었다. 사고를 많이 치다보니 자연스럽게 노는(?) 무리의 친구들과 친해지게 되었다. 우리가 사고를 쳤던 안쳤던 항상 교무실에 불러가는 건 내 몫이었다. 내가 불려갔던 이유는 내가 말을 가장 조리 있게 잘했기 때문이다. 그런데 교무실에 불려 가면 항상 선생님께서 하시는 말씀이 있었다. "머리에 든 게 없으니까 사고를 치지! 커서 뭐가 되겠노?" 우리 엄마도 안하는 걱정을 선생님께서 굳이 나서서 해주셨다. 교무실에 불려갈 만큼 나쁜 짓을 한 적도 있었지만 별 것 아닌 사건도 문제아라는 이유로 뭐든 나쁘게만 보고 심하게 혼났던 기억이 난다. 내가 나쁜 짓을 했다는 사실에 대해 잘 했다고 말하는 것은 절대 아니다. 그때나 지금이나 100번 내가 잘못했다는 생각을 한다. 그런데 난 이 말이 거슬렸다. '머리에 든 것이 없으니 사고를 치지!' 이 말을 듣고 나서부터 머리에 든 것이 없어서 사고를 친다는 말은 두 번 다시 듣고 싶지 않았다. 그래서 생각했다. '머리에 든 게 있으려면 어떻게 해야 할까?' 그때 눈에 들어 왔던 것이 교실 뒤편에 있는 책 수납장에 있는 책들이었다.

수납장을 보며 '저기 있는 책을 다 읽어야겠다' 라는 생각을 했다. 그날부터 학교에 오자마자 책꽂이에 있는 책을 한 권씩 꺼내 읽기 시작했다. 그때 뭘 읽었는지 생각해보면 떠오르는 책이 단 한 권도 없다. 그저 읽는 척을 하기 위해 책을 읽었기 때문이다. 그래도 한 글자도 빠짐없이 처음부터 끝까지 다 읽었다. 그래야 책을 한 권 다 읽었다는 생각을 했기 때문이다. 그때 부터였을까? 친구들이 진짜 책을 많이 읽는다며 관심을 보이기 시작했다. 친구들의 관심으로 인해 더욱 더 책을 읽는 사람인척 하기 위해 다른 반까지 가서 책을 빌려와서 책을 읽었다.

책은 빨리 읽고 싶은데 페이지가 빨리 안 넘어가서 미치는 줄 알았다. 그때 생긴 안 좋은 버릇이 지금까지도 남아있다. 몇 장 읽지도 않고 계속 몇 페이지 남았는지 확인을 하는 버릇과 중간 중간에 그림이 있는지 없는지 확인하는 버릇이 생겼다. 이때 만약 내가 책이 좋아서 즐기면서 읽었다면 지금 난 어떤 삶을 살고 있을까라는 생각이 든다. '머리에 든 게 없으니 사고를 치지!' 라는 말로 인해 누군가에도 보여주기 위한 독서가 아니라 진짜 나를 위해 책을 읽었다면 난 10대 때 꿈을 이뤘을 것이라고 확신한다. 그렇게 생각을 하는 이유는 그때나 지금이나 나는 단 한 번도 꿈이 바뀐 적이 없다.

내가 생각하는 꿈은 결코 직업이 아니다. 만약 내 꿈이 의사인데 시험 점수 1점 때문에 불합격을 했다면 난 꿈을 이루지 못한 사람이 될 것이다. 내 꿈은 명사가 아니다. 동사이다. 또한 추상적이다. 추상적이기 때문에 내가 어떻게든 명사화 시킬 수 있다면 꿈을 이룬 것이 된다. 꿈이 명사가 아니라 동사라고 말하는 건 내가 살아 있기에 내 꿈 또한 멈춰 있는 것이 아니라 동사처럼 계속 움직이기 때문이다. 내 꿈은 간단하다. '가난한 사람을 돕고 싶다' 가난한 사람을 돕는 방법은 셀 수 없이 많기에 난 내가 가장 잘할 수 있는 방법으로 어려운 사람들을 도우며 살아가고 있다. 그런데 이 꿈들을 실천하게 된 것이 20대 중 후반이다. 책을 미친 듯이 읽게 되면서 폭발적으로 미친 듯이 누군가를 도우며 살아갈 수 있게 되었다. 머릿속에만 있던 생각들이 현실로 표출되기 시작한 것이다.

그런데 왜 100권도 아니고 10,000권도 1,000권일까? 사실 나는 '10,000권을 읽어' 라고 말 하고 싶다. 아니 더 읽을 수 있다면 더 읽었으면 한다. 독서는 다다익선이라고 생각을 한다. 십대 시절에 1,000권 보다 더 많은 책을 읽게 된다면 1,000권을 읽은 사람보다 세상을 보는 눈이 더 앞서게 될 것이다. 뭐든지 쌓이면 쌓일수록 위력은 커진다. 물은 100도에 끓는다. 99도까지 도달하지 않으면 절대 100도에 도달할 수 없다. 그런데 1-99도 될 때까지 1보다 99도에서 100도가 될 때 1이 더 중요하다. 이처럼 마지막에 읽은 책이 자신에게 가장 큰 위력을 주는 것이다. 그렇기에 더 큰 위력을 얻기 위해서는 어떻게 해야 할까? 독서를 멈추면 절대 안 되는 것이다.

헤르만 헤세의 저서인 〈헤르만 헤서의 독서의 기술〉 책에는 독서의 위력을 잘 말해준다.

"해마다 수천수만의 어린이들이 학교에 입학하여 처음으로 글자를 써보고 한 자 한 자 글을 깨치는 모습을 보게 된다. 그런데 얼마 지나지 않아 대부분의 아이들은 읽기능력을 그저 당연하고 대수롭지 않게 여기는 반면, 어떤 아이들은 한 해 두해를 넘기고 십년 이십 년이 지나도록 학교에서 배운 그 마법의 열쇠를 사용하며 새록새록 매료되고 탄복한다. 오늘날 읽기는 누구나 다 배우지만, 얼마나 강력한 보물을 손에 넣었는지를 진정으로 깨닫는 이는 소수에 불과하다는 얘기다. 난생처음 글을 배워 혼자 힘으로 짧은 시나 격언을 읽어내고 또 동화와 이야기책을 읽게 된 아이는 스스로 얼마나 대견해하는가? 그런데 소명을 받지 못한 대개의 사람들은 이렇게 배운 읽기 능력을 그저 신문기사를 읽는 데나 활용할 뿐이다."

김병완, 〈48분 기적의 독서법〉(미다스북스)

한 권의 책에는 한 사람의 작은 세계가 존재한다. 그렇다면 10권을 읽은 사람은 10명의 작은 세계를 간접 경험한 것과 같고, 1,000권의 책을 읽은 사람은 1,000개의 작은 세계를 간접 경험한 것이 된다. 그러니 1,000권의 책을 읽고 생각의 깊이와 의식수준을 높인다면 그 사람은 천 명의 생각으로 살아가는 사람이 될 것이다. 빌 게이츠와 함께 '부자 독서광'으로 유명한 워런 버핏은 일과시간의 80% 가량을 독서하는데 시간을 투자한다고 한다. 워런 버핏은 말한다. "인생을 바꿀 가장 위대한 비책은 독서다" 워런 버핏은 독서보다 더 좋은 방법이 있다면 자신에게 알려달라고 했다. 아직 워런 버핏이 아침마다 독서를 하고 있으니 독서보다 더 좋은 방법을 찾지 못 한 듯하다. 워런 버핏의 독서량은 일반인보다 다섯 배가량 많다고 한다. 여기서 일반인은 미국인 기준이니, 미국인들의 월평균 독서량은 6.6권이니 워런 버핏은 월평균 33권의 책을 읽는 다는 것이다. 우리나라 사람들은 월평균 0.7권의 책을 읽으니 미국인들이 우리보다 9배, 워런 버핏은 우리보다 무려 47배나 많이 읽는다. 우리와 미국사람들이 격차가 날 수밖에 없는 이유와 미국사람들과 워런 버핏이 격차가 날 수밖에 없는 이유가 한 눈에 보인다. 그러니 꾸준함과 열정을 갖고 독서를 하자. 평범한 사람에서 위대한 사람으로 갈 수 있는 세계에서 가장 증명된 길. 바로 독서다.

그리고 최소한 1,000권을 읽어야 하는 또 다른 이유가 있다. 세상에는 정말 다양한 장르의 사람이 있다. 책도 정말 다양한 장르로 분류가 된다. 내가 생각하기에는 한 장르에 최소한 10권 이상의 책은 읽어야 그 분야에 대해 어느 정도 안다고 할 수 있다. 10권만 읽어봐라 웬만한 대학생보다 그 분야에 대해 더 알게 될 것이다. 이런 식으로 각기 다른 100개의 장르의 10권씩 책을 읽는다면 대한민국에 살고 있는 그 어떤 부류의 사람하고도 대화가 가능하게 될 것이다. 대화가 가능할 뿐만 아니라 모든 세대의 사람들과 공감하며 소통이 가능하게 될 것이다. 21세기는 감성 시대라고 말하지만 세상은 점점 소통 불능이 되어가고 있다. 소통 능력만 잘 갖추고 있어도 21세기에 살아가는데 큰 힘이 될 것이다.

책 한 권 읽고 삶이 바뀌었다고 말하는 사람이 1,000권의 책을 읽게 된다면 그 사람의 삶이 얼마나 획기적으로 바뀌겠는가? 이제 좀 와 닿지 않는가? 자신의 미래가 기대가 되고 설레지 않는가? 절대 책 한권에 매몰당하지 마라. 책 한 권에 담긴 저자의 생각에 자신의 삶을 지배당하면 그것이 전부라 여기게 된다. 그래서 가장 무서운 사람이 책 한 권 읽은 사람이라고 말하는 것이다.

아무리 훌륭한 책이라도 그 책 한권에 세상의 모든 지혜를 담을 수는 없다. 아무리 훌륭한 사람이라도 100% 완벽한 생각을 갖고 살 수도 없다. 천재 한 사람보다 어느 정도 똑똑한 1,000명의 사람들의 힘을 활용할 수 있는 지혜를 가진 사람이 지금 시대의 성공의 길을 걸을 수가 있다. 1명이 일하는 것보다 1,000명이 자신이 가장 잘 할 수 있는 부분만 분담해서 일한다고 생각하면 이해하기 쉬울 것이다.

이렇게 독서로 마음의 문이 열린 사람이 또 다른 책을 통해 또 다른 세계를 만나는 순간, 그 세계는 어마어마하게 성장하게 될 것이다. 100권의 책도 어느 정도 성공으로 이끌기에 충분한 위력을 발휘한다. 어느 정도 성공하고 싶다면 그렇게 해라. 어느 정도 성공한 사람이 되기에 부족함이 없겠지만 1,000권의 책을 읽는 다면 1,000명의 지혜와 그들이 제공한 지식정보를 통해 위대한 성공자가 될 수 있을 것이다. 매일 똑같은 사람을 만나고, 비슷한 사람들과 대화하는데 어떻게 갑자기 성공의 길을 걸을 수 있단 말인가! 전 세계의 뛰어난 사람을 다 만나기에는 시간적, 공간적 한계가 있다. 가장 작지만 가장 편하게 거실 소파에 앉아 그들의 지혜를 손쉽게 접할 수 있는 최고의 방법. 책밖에 없다. 1%도 안 되는 사람만이 1,000권 이상의 책을 읽었다. 세상은 1%가 모든 걸 다 갖고 있다는 것을 잘 알 것이다. 그렇다면 어떻게 할 것인가? 일단 1,000권만 읽자!

02
한 학기 동안 교과서 1권?
실업자를 만드는 교육

'남아수독오거서' 라는 말을 들어 봤을 것이다.
사내라면 모름지기 다섯 수레에 실을 만큼의 책을 읽어야 한다
는 말이다. 쉽게 말해 다독을 권장하는 말이다. 중국 당나라 시
인 두보(杜甫)의 시 〈백학사의 초가집을 지나며 짓다(題柏學士茅
屋)〉에서 유래되어 유명해진 말로 이 당시에는 남자만이 벼슬을
하고 세상에 나아갈 수 있었으므로 '남아수독오거서라' 는 말이
나왔다. 지금 같은 시대였다면 '인간수독오거서' 라고 했을 것이
다. 남아수독오거서는 초야에 묻혀 학문에 정진한 백학사를 존
경하는 마음을 담은 시로써 문인이라면 어떠한 상황에 처하더라
도 독서를 게을리 하지 말아야 한다는 뜻을 담고 있다. 그런데
여기서 말하는 다섯 수레 분량의 책은 어느 정도일까? 두보의

시를 잠깐 보자.

푸른 산의 학사가 은어를 불태우고, 백마 타고 달려가 산야에 은거하였네. [碧山學士焚銀魚, 白馬 卻走深岩居.]
옛 사람은 삼년 겨울 독서에 자족하였는데, 그대 젊은 나이에 만여 권을 읽었구나. [古人已用三冬足, 年少今開萬卷餘.]
맑은 하늘에 초가집 위엔 구름이 뭉게뭉게, 가을 물은 섬돌 가득 도랑으로 넘치네. [晴雲滿戸團傾蓋, 秋水浮階溜決渠.]
부귀는 반드시 부지런히 힘써야 얻는 것이고, 남아는 모름지기 다섯 수레 책을 읽어야 하지. [富貴必從勤苦得, 男兒須讀五車書.]

두 번째 줄을 보면 '삼년 겨울 독서에 자족하였는데, 그대 젊은 나이에 만여 권을 읽었구나' 라고 기록되어 있으니 다섯 수레의 책이 약 만 여 권의 책이라는 것을 알 수 있다. 이 당시에는 인쇄술도 발달하지 않았고 대량으로 책이 보급되지 않았던 시기인데 어떻게 만 권의 책을 읽을 수 있었을까? 실제로 만 권이나 되는 책이 없었다. 여기서 말하는 만 권은 숫자를 말하는 것이 아니다. '만' 은 '많다' 라는 뜻으로 전국에 있는 모든 책을 말하는 것이다. 지금으로 치면 교보문고나 도서관에 있는 모든 책을 다 읽어야 한다는 뜻이다. 그러니 지금처럼 한 달에 겨우 책 한 권 읽을까 말까하는 우리들은 사람도 아니라는 말이다.

지금은 일 년에 수 만권이 출판되는 시대인데 어떻게 모든 책을 다 읽는 다는 말인가. 올해 출판된 책도 죽을 때까지 다 다 읽지 못할 것이다. 그러니 좌절할 필요는 없다. 읽을 수 있을 만큼 많이 읽고 현 시대의 흐름을 잘 파악해서 지혜롭게 살면 되니까 말이다. '남아수독오거서' 라는 말뿐만 아니라 '소를 타면서도 책을 읽는다' 는 우각괘서(牛角掛書), '책을 펴서 읽으면 이로움이 있다' 는 뜻의 개권유익(開卷有益)라는 사자성어가 있다. 이것들은 처음 들어봤을 수도 있지만 아마 '주경야독(晝耕夜讀)이라는 말은 알고 있을 것이다. 어려운 여건 속에서도 반딧불을 활용하거나 호롱불 밑에서 글을 읽었다는 말이다.

이처럼 책의 중요성을 강조하는 말들이 너무나도 많다. 책을 사랑하고 미친 독서를 강조했던 우리나라가 이제는 한 달에 한 권도 읽지 않는 나라가 되었다. 왜 이렇게 되었을까? 난 10대 시절에 모든 공부가 입시에만 맞춰져 있기 때문에 이렇게 되었다고 생각을 한다. 대한민국에는 수많은 학원이 있지만 수능, 자격증, 논술, 스펙과 관련되지 않은 학원은 찾아보기 힘들다. 카페에 온 학부모님들의 이야기를 들어보면 아이들 성적과 관련된 이야기가 대부분이다. 학교에 강연을 하러 가도 대부분 초등학생들이 학교 공부와 대학 외에 다른 길은 없다고 생각하며 학업과 수능에 스트레스를 받으며 중요한 십대 시절을 보내고 있다. 그러니 학교에서 배우는 교과서 이외에 다른 책은 봐서도 안 된다. 혹시 보게 되더라도 수능지문에 나올 만한 책들만 읽을 수 있다. 학교에서 겨우 본 교과서 하나를 학원까지 다시 갖고 가서 교과서만을 이해시키기 위한 공부를 한다. 그리고 집에 와서는 학교 숙제, 학원 숙제를 한다. 그러고나면 하루가 다 지나가고 없다. 교과서에 갇힌 십대들이다. 하루 종일 교과서라는 책 하나만을 보는 게 전부이다. 교과서를 이해하고 모든 과목을 100점을 받으면 천재라고 생각을 한다. 그런데 이미 답이 나와 있는 문제를 달달 외워서 시험을 잘 치는 것이 정말로 중요할까?

우리는 학생들에게 물어본다. 좋아하는 일을 해야 할까? 잘하는 일을 해야 할까? 대부분의 학생들은 좋아하는 일을 해야 한다고 말을 한다. 그렇다면 학부모님들은 어떻게 생각을 할까? 좋아하는 것, 잘 하는 것은 상관없다. 무조건 성적 잘 받아서 좋은 대학에 진학하면 된다고 생각을 한다. 그리고 진학을 하고 난 후에 뭘 해야 할지는 간단하다. 성적에 맞춰서 직업을 선택하면 된다. 그러니 어떻게 해서든 턱걸이라도 서울대만 가려고 한다. 진짜로 모든 과목에 100점을 받으면 똑똑한 아이일까? 학교가 만들어지고 교과서라는 것이 만들어졌다. 개정이 많이 되었다고 하지만 핵심적으로 배우는 내용은 우리 부모님 때나 내가 학교를 다녔던 때나 지금 학교에서 배우는 내용은 크게 달라진 것이 없다. 문제가 좀 더 심화되고 어려워졌다는 정도 뿐이다. 그저 시험의 변별력을 높이기 위해 일부러 어렵게 문제를 내서 틀리게 만든다. 30년 전에도 수십 만 명이 되는 학생들이 배웠고, 30년이 지난 지금도 수십 만 명이 되는 학생들이 똑같은 내용을 그저 시험을 잘 치기 위해서 배우는 건 너무 비효율적이다. 배운 공부는 활용할 줄도 모르고 그저 학교공부 잘 했던 사람이 다시 학원이라는 곳에서 학교시험 잘 칠 수 있게 십대들을 가르친다. 다람쥐 쳇바퀴 돌아가듯 똑같은 시험과 발전 없는 공부만 있을 뿐이다.

모두가 빙산을 알 것이다. 빙산하면 가장 먼저 떠오르는 말은 '빙산의 일각' 이라는 말이다. 나는 학교에서 배우는 공부는 빙산의 일각이라고 생각을 한다. 우리가 진짜 배워야 하고 공부해야 될 내용은 바다 밑에 있는 어마어마한 빙산이라고 생각한다. 다 똑같은 빙산의 일각만 공부를 하니 경쟁을 해야 하는 것이다. 우리가 공부를 하는 이유는 호기심을 충족시키기 위함과 세상에 널려 있는 문제를 해결하기 위함이다. 우리가 진짜 공부해야 될 부분도 바다 밑에 있는 빙산이지만 세상의 문제와 아이들의 무한한 잠재력 또한 바다 밑에 있는 빙산이다.

몇 십 년째 입시위주의 공부만 시킨 결과 우리나라가 어떻게 되었는가? 소위 명문대라고 하는 몇 몇의 대학과 대기업이라고 말하는 몇 몇의 직장을 가기 위해 모든 학생들이 거기에만 맞춰서 공부를 한다. 난 일자리가 부족한 것이 아니라고 생각을 한다. 이미 포화가 된 그 일에 아직도 정신을 못 차리고 그것을 향해서만 달려가게 만드는 교육에 문제가 있다고 생각을 한다. 학교에서 100점을 받아왔다면 정말 100점짜리 인생일까? 다음 시험에 95점 받으면 95점짜리 인생이고? 너무 슬프지 않은가? 실수로 한 문제 틀리거나 컨디션이 안 좋아서 시험을 못 보면 끝인 시대. 그러니 공부했던 내용을 까먹을까봐 불안해서 공부하니 세상이 어떻게 변하고 있는지 관심을 가질 수 없다. 또한 공부하다가 의문이 들면 그냥 무시하고 외워야 된다. 의문을 갖고 질문을 하는 순간 성적이 떨어지기 때문이다.

난 공부하는 학생뿐만 아니라 학부모님들이 학교에서 정해준 빙산의 일각으로 매겨진 점수에 목숨을 걸지 않았으면 한다. 십대들은 100점짜리 인생이 아니라 각자 이름이 있는 것처럼 각자 자신만의 점수를 가진 존재들이다. 대책 없이 매년 똑같은 능력과 똑같은 생각을 가진 청년들이 대학으로 진학을 하고 대학을 졸업한다.

"같은 방법을 반복하면서 다른 결과를 기대하는 것은 미친 짓이다."

– 아인슈타인

그 결과 현재 청년 실업률이 20% 정도이다. 십대들이 청년이 되었을 때 더 심해졌으면 심해졌지 더 좋은 상황은 오지 않을 것이다. 지금처럼만 교육을 시킨다면 말이다. 그때는 AI가 더 발달했을 것이다. AI로 인해 일자리는 더 부족할 것이다.

우리나라의 직업의 수가 몇 개인지 아는가? 약 11,000개라고 한다. 미국의 직업의 수는 약 3만 개라고 한다. 내가 강연을 할 때 십대 친구들한테 직업 100개를 말할 수 있냐고 물어보면 100개를 말할 수 있는 친구가 없다. 선생님들도 마찬가지다. 직업이 11,000개나 있는데 100개도 모르는 선생님이 진로를 정해주고 100개도 모르는 학생이 꿈을 꾸니 다양한 꿈이 나올 수가 없다. 11,000개 직업 중에는 대학이 필요한 직업도 많겠지만 대학이 필요 없는 직업이 훨씬 많다. 학교 공부가 필요한 직업도 있겠지만 학교 공부가 필요 없는 직업이 훨씬 많을 것이다. 난 공부가 학교공부에만 국한되어 있는 틀을 버리고 틀 없이 공부를 바라봐야 된다고 생각을 한다. 그래야 성적이 떨어 질까봐 불안해하며 교과서만 공부하는 학생들이 직접 다양한 활동을 해보고 자기가 뭘 좋아하는지 뭘 잘 하는지 알기 위해 도전해볼 것이기 때문이다.

　그걸 찾고 거기에 맞는 공부를 한다면 공부라는 것이 재미있어 질 것이다. 그 결과 대한민국에 엄청난 인재들이 쏟아져 나올 것이다. 그리고 일자리를 스스로 만들거나 스스로 찾아가는 청년들이 많아져서 일자리 문제도 스스로 해결할 수 있게 될 것이라고 확신한다. 11,000개의 직업을 공부하는 것만으로도 엄청난 공부가 될 것이다. 11,000개 직업 중에 나랑 적성이 맞는데 그것을 선호하는 사람이 없다면 경쟁 없이 그 일을 할 수 있다.

실업자를 만드는 교육에 십대들을 계속 밀어 넣을 것인가? 아니면 각각 십대들에게 맞는 공부를 시켜 줄지는 이 글을 읽는 사람이 이제 판단을 하고 결정을 내렸으면 한다.

03

전문가가 필요한 시대

음식전문점, 양복전문점, 호두과자전문점, 네일 아트 전문가, 포토샵 전문가, 전문사진사, 전문가이드, 세상의 직업 수만큼이나 세상의 전문가가 존재한다. 내가 말했던 모든 전문가들은 시중에 있는 서점에만 가면 책으로 다 만날 수 있다. 그렇기에 나는 "어떤 책을 읽으면 좋을까요?"라는 질문을 타인에게 던질 것이 아니라 자신에게 던져야 된다고 생각을 한다. '난 어떤 장르를 좋아하지?', '내가 알고 싶은 분야는?' 는 본인만이 알 수 있기 때문이다. 만약 자신이 생각한 분야에 책이 없다면 당황할 필요가 없다. 아직 그 분야에 전문가가 없다는 뜻이다. 내가 그 분야에 첫 번째 전문가가 될 수 있는 기회를 포착한 것이다.

무슨 일에 굉장히 정통하며, 올바른 판단을 내릴 수 있으며, 사회가 필요로 하는 기술을 갖췄다고 여겨지는 사람을 우리는 전문가라고 부른다. 특정 분야에 해박한 지식과 경험을 가진 전문가들이 필요한 이유는 사회에서 일어나는 각종 문제들을 해결해야 하기 때문이다. 문제를 해결하거나 사회에 필요한 능력을 제공한 자가 책이나 강연을 통해 다른 사람들에게 전수함으로써 이들의 지식이 끊어지지 않고 계속해서 이어져 온다. 언젠가는 여러분의 이야기도 책을 통해 많은 사람들에게 전수될 수 있기를 바란다. 오늘날은 정보혁명으로 직업의 숫자가 기하급수적으로 증가하고 있다. 또한 문맹률이 하락하고 다양한 통신수단으로 인해 정보를 폭발적으로 흡수 할 수 있게 되었다. 일부 세력이나 귀족들이 정보를 독점하던 과거에 비해 전문가들의 지식을 누구나 쉽게 접할 수 있게 되었다. 반대로 말하면 당신도 책을 쓰는 전문가 가 될 수 있는 기회가 있다는 것이다.

이전에는 자격증을 취득하거나 박사학위를 받은 사람, 기능장, 기능사, 의사, 약사 이런 부류의 사람들을 전문가라고 칭했다. 이제는 전문가의 개념도 변하고 있다. 한식자격증은 없지만 한식자격증을 가진 사람보다 한식을 잘 만드는 사람들이 넘쳐나고 있고, 바리스타 자격증은 없지만 웬만한 바리스타보다 커피를 잘 내리는 사람들이 넘쳐나고 있다. 지인 중에 컴퓨터 관련 자격증 하나도 없는데 자격증을 보유한 사람 이상으로 컴퓨터를 잘 고치는 형이 있었다. 이런 일이 어떻게 가능할까? 서점에만 가봐라. 컴퓨터와 관련된 책, 요리와 관련된 책이 넘쳐난다. 책이 넘쳐나는 것 이상으로 자격증을 획득한 사람들이 넘쳐나는 시대다. 자격증을 받기 위해 얻은 지식과 정보의 틀이 그들의 성장을 막고 있다. 그 정도만들 수 있는 사람이 대한민국에 너무 많기 때문이다. 그 이상의 능력을 가진 사람이 필요하다.

요리자격증을 얻기 위해 획인적인 교육을 받다보니 맛보다는 자격증을 얻기 위해 정형화된 요리를 배우고 시험을 친다. 그리고 자격증을 얻고 바로 가게를 차리는 사람들이 많은데 그 뒤로는 요리를 연구하지 않는다. 백종원의 골목식당에 나오는 사장님들이 혼나는 주된 이유는 맛이 없기 때문이다. 당장 장사를 할 것이 아니라 요리를 연구하고 자신만의 맛을 찾아내야 한다. 그런데 현실을 보면 마지막으로 어쩔 수 없이 장사를 하는 부류나 자격증을 획득하고 장사를 바로 한다. 전자는 십대 친구들에게 속하지 않으니 전자는 생략하겠다. 후자의 사람들은 자격증을 획득하기 위한 공부를 할뿐 실제로 전문가로 인정받기 위한 공부는 하지 않는다. 백종원은 메뉴는 줄이고 핵심메뉴 한 가지를 찾아내서 그것을 발전시킬 것을 요구한다. 또한 지역특산물을 활용해서 그 동네에서만 먹을 수 있는 메뉴를 개발하기를 원한다. 백종원만 이것을 원하는 것이 아니다. 식당에서 밥을 먹는 모든 사람들이 원한다. 핫도그가 유행한다고 아무 생각 없이 핫도그 장사를 할 것이 아니라는 것이다.

그럼 어떻게 해야 할까? 나는 백종원을 보면서 생각했다. 요리로 계속 설명을 해서 나와 상관이 없다고 생각하지 않길 바란다. 요리를 일반화시켜서 설명하는 것뿐이지 요리뿐만 아니라 모든 분야를 이렇게 공부를 해야 한다고 생각을 한다. 물리학자인 닐스 보어는 전문가란 '아주 좁은 범위에서 발생할 수 있는 모든 오류를 경험한 사람'이라고 정의했다. 이 격언은 어떻게 학습을 해야 하는지에 대해 십대뿐만 아니라 모두에게 중요한 가르침을 준다. 닐스 보어의 기준에 따르면 사람은 몇 번이나 오류를 범하면서 올바른 방법을 배우는 것이다. 그럼 이 방법대로 공부를 해보자. '나는 어떤 요리를 만들 수 있을까?'를 먼저 생각해봐야 한다. 다음으로는 직접 만들어서 먼저 자신이 먹어봐야 한다. 그리고 주변 지인들에게 요리를 먹고 평가를 해달라고 하자. 요리천재라면 바로 엄청난 맛을 만들어내겠지만 대부분 사람들은 평범한 요리를 만들어 낼 것이다. 여기서 좌절하지 말고 서점으로 가서 본인이 만들려고 하는 음식과 관련된 책을 10권 이상 찾아보길 바란다. 그리고 최소한 3권은 구매를 해서 그 책들을 읽어보고 그 책에서 말하는 요리방법대로 만들어 보는 것이다. 그리고 자신이 만든 요리와 3명의 요리사가 말하는 방법대로 만든 요리의 차이점을 찾아보는 것이다. 그것들을 영상으로 찍고 차이점과 장단점은 노트에 기록을 하는 것이다. 그리고 또 서점에 가서 다른 요리사들이 말하는 방법대로 요리를 해볼 것을 권한다. 최고의 방법은 책속의 주인공들의 식당을 직접 찾아가서 그들이 해주는 음식을 직접 먹어보고 자신이 만들었을 때와 차이점을 비교해보는 것이다. 그리고 공손히 자신의 입장을 밝히고 달인에게 요리를 배우기 위해 미리 준비해간 질문들을 하고 Tip을 얻는 것이다. "말 안 해주면 어떡해요?"라고 걱정하는 사람이 있을 것이다. 가만히 앉아서 걱정만 하면 100% 정보를 얻을 수 없다. 그러니 갔는데 말을 안 해준다고 해서 손해볼 것이 하나도 없다. 그런데 전문가가 나에게 정보를 알려준다면 엄청난 이득을 얻게 된다. 이것보다 더 훌륭한 공부법은 없다고 생각한다.

어떤 분야든 상관없다. 자기가 전문가가 되고 싶은 분야의 책 10권만 읽어봐라. 그 분야를 전공하는 대학생들보다 틀림없이 더 높은 수준의 지식을 확보하게 될 것이다. 대학교 4학년 동안 시험을 위해 공부하는 것보다 내가 말한 방법으로 한 달만 공부해봐라. 공부와 독서가 재미있어 질 것이다. 자격증, 학위, 기계식 전문가가 아닌 틀 없는 전문가들이 필요한 시대이다. 많이 읽어라! 그리고 많이 움직이면서 실제로 해보면서 배워야 한다.

다시 말하지만 요리에 국한된 이야기가 아니다. 헤어디자이너가 되고 싶으면 헤어디자이너 책을 읽어보고 그 헤어디자이너를 직접 찾아가봐라. 직접 찾아가기 부끄럽다고? 그럼 계속 부끄러운 상태로 머물면 된다. 미용실을 차리고 단점이 드러나면 미용실은 망한다. 미용실을 차리기 전 자신의 단점을 최대한 노출당해서 제대로 피드백 받고 제대로 연습해서 단점은 보안하고 자신의 장점을 발견해서 그것을 극대화시켜야 된다. 이게 어렵다면 자신의 동네에서 가장 유명한 미용실에 찾아가는 것이다. 미용을 잘 한다고 소문이 나서 왔다고 말을 하고 자신도 그 미용사처럼 훌륭한 미용사가 되고 싶다고 말을 하고 돈을 안 받아도 좋으니 몇 개월이라도 배울 수 없는지 물어 보는 것이다. 이렇게 3년 동안 유명하다는 10개의 미용실만 돌아다니면서 기술만 배워도 당신은 대한민국 0.1% 안에 들어가는 미용사가 될 것이다. 그래도 너무 부끄럽다면 자신이 머리 자르는 영상을 찍어서 정성껏 그 분에게 보여 드리고 공손하게 피드백을 요청한다면 그 분이 친절하게 피드백을 해줄 것이다.

초등학교에 강연을 갔을 때의 일이다. 학생들에게 꿈을 물어봤다. 그랬더니 한 학생이 "나사에서 일을 하고 싶어요!"라고 말하는 것이다. 그래서 난 물어봤다. "나사는 지금 어떤 프로젝트를 기획하고 있니?", "나사에 일했던 사람 중에 누굴 아니?", "나사가 무슨 일들을 했었니?" 이 모든 질문에 학생은 "몰라요"라고 일관되게 대답했다. 미안하지만 난 그 학생에게 "밑에 나사 떨어졌으니 나사 주워서 머리에 끼워라"고 말을 해줬다.

이 친구가 심각한 것이 아니다. 대한민국 모든 십대들이 대부분 이렇다. 판사가 되고 싶다고 말하기에 "판사 누구를 존경하니?", "왜 판사가 되고 싶니?", "유명한 판사님이 쓴 책을 읽어

봤니?" 라고 물어봤다. 학생은 "몰라요. 공부 잘 하니 판사가 되려고요. 엄마가 돈 많이 번다고 했거든요!" 말할 뿐이다. 남자 초등학생 10명 중에 3명이상은 축구선수를 꿈꾼다. 난 이 질문을 하고 정말 충격을 받았다. 그들에게 U-20 월드컵에 나온 이강인, 이광연을 아냐고 물어봤더니 모른다고 한다. 우리나라에서 황의조가 제일 유명하고 축구를 제일 잘한다고 말을 하기에, 손흥민이 가장 축구를 잘하고 유명한 팀에 뛰고 있으며 연봉도 가장 많이 받는다고 하니까 그런 팀이 있냐며 질문을 한다. 이러니 전문가가 나올 수 있겠는가? 대한민국에는 돈 많이 벌 수 있는 직업만 몇 개 있지 다양한 직업에서 전문가가 되기 위한 공부는 없다. 오로지 수능만 잘치고 좋은 대학가서 성적에 맞는 일을 시키는데 우리나라 경제가 성장하는 것이 오히려 이상한 일이다.

많은 학생들이 귀찮아서 하기 싫다고 한다. 주입식 교육, 범위 정해진 공부만 하다 보니 생각을 하거나 스스로 찾아서 호기심을 충족시키기 위한 공부는 이 땅에서 사라졌다. 유튜브나 생활의 달인, 생생정보통 이런 프로그램을 보면 쉽게 전문가들을 찾을 수가 있다. 귀찮다면 이 정보를 통해 그들을 찾아가길 바란다. 그런데 내가 만약 전문가라면 TV를 보고 찾아 온 사람보다는 내가 나온 기사를 정성껏 스크랩해서 가지고 온 사람에게 더 호감이 갈 것 같다. 그리고 TV나 유튜브는 편집이 가능하기 때문에 그 사람을 가장 잘 알 수 있는 방법은 그 분의 자서전이나 그 분을 인터뷰한 기사내용이다. 그 정보를 통해 그 분을 찾아가서 관계를 형성하고 지속적으로 교류한다면 엄청난 재능을 얻게 될 것이다.

04

고작 100권 읽고
독서 강사가 될 수 있는 세상

"난 뭘 좋아하는지 모르겠는데요?"라고 말하는
사람이 있다. 뭘 좋아하는지 모를 때는 어떻게 하면 좋을까? 내
생각에는 뭐라도 해봐야 한다. 그래야 뭘 좋아하는지 알 수 있
게 될 것 아닌가! 세상에 어떤 일들이 있는지, 어떤 직업이 있는
지, 어떤 문제가 있는지, 세계 사람들은 어떻게 살아가고 있는
지 등을 어떻게 알 수 있을까? 책을 보면 알 수가 있다.

난 20대에 3년 1,000권 읽기에 도전했다고 서두에 말했다.
내가 어떤 책들을 읽었을까? 나는 역사, 인문, 고전, 동화, 그림
책, 경제, 경영 등 가리지 않고 다 읽었다. 베스트셀러 코너에 가
서 유명한 책을 읽기도 했고 이 코너 저 코너를 돌아다니면서 재

미있어 보이는 책을 읽었다. 내가 다양한 분야의 책을 읽을 수 있었던 건 2가지 이유 덕분이다. 첫 번째는 2015년 1일부터 읽기 시작해서 4월 22일에 100권을 읽게 되었다. 100권을 읽었다는 소문이 났고 우연한 기회에 한 단체에서 강연을 할 수 있는 기회를 얻게 되었다. 그 우연한 기회가 나에게는 엄청난 기회로 다가왔다. 그 단체에 이사라는 직분과 함께 독서를 가르치는 강사가 된 것이다. '고작 100권 읽고 강사라니!' 라는 생각을 할 수도 있겠지만 부산에 112일 동안 100권을 읽은 사람이 없었기에 가능한 일이다. 이렇게 난 고작 100권 읽고 독서 전문가가 되었다.

고작 한 달 영어를 배우고 영어강사가 된 사람도 있다. 그는 영어를 배우고 싶다는 간절함 호기심을 충족시키기 위해 새벽반을 신청하고 영어공부를 시작했다고 한다. 그리고 고작 한 달 영어를 배우고 원장을 찾아가서 원장한테 자기도 영어를 가르치고 싶다고 말을 했다. 그 말은 들었던 원장은 얼마나 황당했을까? 이런 황당한 제안을 한 사람은 〈1독 1행〉을 쓴 유근용작가다. 이 말을 한 유근용 작가가 엄청 대단하게 느껴진다. 유근용 작가는 원장한테 "제가 한 달 동안 배운 영어를 가르치고 싶어요. 이제 배우는 사람들에게 제가 잘 가르쳐 줄 수 있을 것 같아요"라고 말했다. 그 결과 유근용 작가는 영어강사를 시작 할 수 있게 되었다. 이 말을 듣고 영어강사로 채용한 원장도 엄청 대단하다는 생각이 든다. 유근용 작가는 영어를 가르치기 시작했고 일 년 뒤에는 억대 연봉을 받는 영어강사가 되었다. 유근용작가가 영어를 가르치기 위해 원장실에서 나온 뒤, 정말 열심히 영어공부를 했을 것이다. 내가 아는 유근용작가라면 아마 잠도 자지 않고 밤낮으로 배운 내용을 기억하며 공부를 했을 것이다 내가 이렇게 말할 수 있는 것은 난 일 년에 고작 316권을 읽었는데 유근용 작가는 520권이나 읽은 어마어마한 괴물이기 때문이다.

유근용 작가의 다른 책 〈1일 1행의 기적〉을 보면 이런 내용이 나온다. 〈아무리 똑똑하고 머리가 좋다 할지라도 머리만 믿고 아무것도 안 하는 사람은 발전할 수 없다. 실행이 따르지 않는다면 탁월한 재능도 빛나는 두뇌도 그저 잠재력에 그칠 뿐 성과로 이어지지 않는다. 우리가 원하는 것을 성취하기 위해서는 무엇보다 동사형 인간으로 거듭날 필요가 있다. 똑똑하거나 재능이 뛰어난 사람이 성공하는 게 아니다. 작은 물방울이 바위를 뚫듯, 기회는 꾸준히 실행하는 사람에게 온다.〉 대부분의 사람들은 완벽하게 준비를 하고 시작하려고 하는데, 완벽할 때가 있을까? 완벽할 때는 절대 없다. 완벽이 아니라 호기심과 도전의식을 갖고 그 일을 성취하기 위해 끈기와 성실함을 갖고 노력한다면 이루지 못할 일은 없다.

내가 고작 100권 읽고 독서 강사가 되면서 일주일에 독서와 관련된 강연을 평균 3회 이상을 해야 했다. 독서 수업을 하기 위해서는 책을 읽는 것뿐만 아니라 정리까지 해야 했다. 그런데 이때 읽었던 책들은 내가 읽고 싶었던 책이 아니라 어쩔 수 없이 읽어야 되는 책이었다. 재미없는 책도 있었지만 읽다보니 흥미가 생기고 더 알고 싶은 분야의 책도 있었다. 더 알고 싶어진 분야는 책을 찾아서 더 읽었었다. 이때 어쩔 수 없이 읽게 된 책 덕분에 편독을 하지 않고 다양한 책을 읽을 수 있게 되었다.

두 번째는 1,000권을 읽어야 한다는 압박으로부터 온 습관이다. 평균적으로 하루에 한 권을 읽지 않으면 3년 동안 1,000권을 읽을 수 없으니 얇은 책을 찾는 습관이 생겼다. 이게 편법 같았는데 지나고 보니 시의 깊이를 경험할 수 있게 되었고, 동화책에서 인생을 배울 수 있게 되었다. 둘리의 고길동을 이해할 수 있게 되면 어른이 된 것이라는 말이 있다. 동화책은 아이들만 읽는다고 생각했는데 동화책을 읽게 되면서 아이일 때 보지 못한 시각으로 동화를 볼 수 있게 되었다. 짧지만 훈훈하게 배울 부분이 많은 책이 동화책이었다.

　두 가지 이유 덕분에 난 편독 없이 정말 다양한 장르의 책을 읽을 수 있게 되었다. 지나고 생각해보니 십대시절에 좋은 책, 나쁜 책, 어려운 책, 쉬운 책 등을 따지지 않고 틀 없이 내 호기심을 채워주는 책들을 손에 잡히는 대로 읽었더라면 '좋았을 텐데' 라는 생각이 든다. 여러분들은 마크 주커버그를 알 것이다. 마크 주커버그는 페이스북을 만든 인물로서 2010년 타임지가 선정한 '올해의 인물'이기도 하며 우리 돈으로 약 55조 원의 재산을 갖고 있다. 마크 주커버그는 어린 시절 다양한 분야의 책을 읽었다고 알려져 있다. 컴퓨터과학과 심리학을 공부했고, 고전과 역사에 관한 책을 엄청나게 읽었다. 이처럼 분야를 가리지 않고 읽었던 책들이 그에게 지식과 통찰력을 선물해주었다. 그 덕분에 주커버그는 페이스북이라는 새로운 SNS을 창조해낼 수 있었다. 페이스북은 주커버그가 책을 통해 읽었던 모든 선인들의 지혜와 주커버그의 시대의 흐름을 잘 읽은 판단력으로 만들어진 것이다. 페이스북을 만드는 기술은 주커버그가 아니더라도 만들 수 있는 사람은 많다. 그렇지만 공간을 뛰어넘어 사람과 사람을 연결하며 인터넷상으로 전 세계 사람들과 감정을 주고받는 새로운 라이프스타일의 페이스북은 그가 아니면 만들 수 없었을 것이다. 틀에 박힌 사고에서 벗어날 수 있었던 것은 누구나 다 배우는 공부만 하지 않고 엄청난 독서량으로 위해 비약적으로 성장을 했기 때문에(지금 생각해보면 누구나 만들 수 있을 것 같은 소셜 네트워크이지만) 사소한 아이디어 하나로 인류의 삶을 획기적으로 바꾸어줄 소셜 네트워크를 만들 수 있었다. 경계를 뛰어넘는 독서가 필요하다. 책을 많이 읽다 보면 자연스럽게 장르의 경계가 사라진다. 이때 자연스럽게 새로운 장르가 탄생하는 것이다. 사람은 독서 한 만큼 세상을 알 수 있다. 독서를 하지 않는다면 자신만의 세상에 갇히게 되는 꼴이다. 독서를 통해 시대를 초월한 사람들의 생각과 교류함으로써 자신의 생각을 확장시키자.

에디슨처럼 정규 학교 교육을 거의 받지 못했지만 스스로의 노력으로 에디슨에게 인정받은 엔지니어가 있다. 그 인물은 바로 자동차 왕 헨리 포드이다. 당시 석유의 사용은 등유를 사용하는 보일러가 대세였고, 등유를 정제하는 과정에 나오는 부산물이었던 것이 휘발유이다. 그런데 포드가 휘발유 동력으로 움직이는 내연기관에 관심을 보이자 주변 사람들은 대부분 만류했다. 고민하던 포드는 에디슨을 찾아가 질문했다.

"휘발유가 기계를 돌릴 수 있는 힘을 낼 수 있습니까?"

에디슨은 두말하지 않고 대답했다. "자네 듣던 대로 현명하군. 생각대로 휘발유 자동차를 만들어보게."

포드는 에디슨의 말에 할 수 있다는 확신을 가지고 자동차 엔진을 개발하기 시작했다.

그리고 13년이라는 긴 세월 끝에 수많은 실패를 거듭하고 드디어 자동차 엔진을 만들고 말았다.

이런 헨리 포드가 했던 말이 있다. "스스로를 전문가라고 생각하지 마라. 우리 직원 중에 전문가는 없다. 정말 안타까운 일이지만 자기 자신을 전문가라고 생각하는 순간, 그 사람을 내쫓아야한다. 마음속에 전문가라는 생각이 자리 잡는 순간 수많은 것들이 불가능해진다. 정말로 자기 일을 잘 아는 사람은 절대 스스로를 전문가라고 생각하지 않는다." 십대시절에는 정답을 찾는 공부를 할 때가 아니다. 또한 직업이 꿈이 되어서도 안 될 시기이다. 호기심이 이끄는 대로 많이 읽고 호기심이 이끄는 대로 많이 도전하고 실패하며 배울 때이다.

성적 조금 잘 받았다고 승자라고 생각하지 말자. 철학자 장자크 루소는 "교육의 목적은 기계를 만드는 것이 아니라, 인간을 만드는 데 있다"라고 말했다.

시드니 해리스는 "승자는 남들이 전문가라고 인정해도 자신은 아직 배울 것이 많다고 생각한다. 패자는 자신의 무지는 깨닫지 못하고 사람들이 전문가로 인정해 주기만 원한다."

삶은 해석이다. 바라보는 관점을 어떻게 하느냐에 따라 답이 다르고 삶 자체가 달라진다. 산만한 아이, 엉뚱한 아이, 혼자서 노는 걸 좋아하는 아이, 호기심을 표출해야지 적성이 풀리는 아이. 이 아이들이 세상을 변화시켰다는 것을 기억하자. 깊이 '피지' 않으면 위대한 꽃은 '피지' 않는다.

05

꿈의 크기만큼
임계점 돌파가 필요하다

토끼와 거북이의 달리기 경주이야기를 잘 알 것이다. 달리기에 재능이 있지만 교만하고 게으른 토끼처럼 살지말고 달리기의 재능은 없지만 포기하지 않고 묵묵하게 결승선을 향해 걸어 나간다면 승리할 수 있다는 이야기다. 난 이 전래동화를 30대가 되어 다시 생각하며 이런 생각이 들었다. 이 토끼 한마리 때문에 모든 토끼는 교만하고 게으른 토끼가 되었고, 이 한마리의 거북이 덕분에 모든 거북이는 부지런함과 끈기의 상징이 되어버렸다. 그런데 이 책을 쓰고 있는 이 시점에 '이 이야기가 다시 떠오른 이유가 뭘까?'를 생각해봤다. 나는 세 가지 이유 떠올랐다. 첫 번째는 편견이다. 이미 위에서 말한 것처럼 한 마리의 토끼 때문에 '모든 토끼는 모든 거북이한테 경주에서 졌다'

는 인식이 생겼다. 이로 인해 토끼는 게으른 패배자의 이미지가 생겼고, 한 마리의 거북이 덕분에 거북이처럼 노력하면 누구나 성공할 수 있다는 이미지가 생겼다. 동화를 통해 편견의 무서움을 다시 한 번 생각해볼 수 있었다.

두 번째로 떠오른 생각은 거리였다. 만약에 거리가 좀 더 멀었더라면 어땠을까? 경주했던 거리보다 10배나 100배의 차이가 났더라도 거북이가 이겼을까? 난 아니라고 생각을 한다. 아무리 게으르더라도 자다가 일어났을 때 거북이가 앞선 걸 보고 정신을 차리고 금방 거북이를 추월할 수 있다. 어느 정도 잠을 자도 거북이를 잡을 수 있다는 계산이 나오면 뛰었다가 쉬었다가를 반복하면서 거북이랑 경주를 하면 된다. 반대로 거북이는 10배나 되는 거리를 부지런하게 안 쉬고 노력만 한다고 해서 도착할 수 있을까? 지쳐서 쓰러졌으면 쓰러졌지 한 번도 안 쉬고 10배나 되는 거리를 갈 수 없다. 뭐 가게 되더라도 절대로 토끼를 이길 수 없을 것이다. 내가 이런 이야기를 하는 이유는 단거리와 장거리의 뛰는 법은 다르다. 무조건 "토끼와 거북이가 경주하면 거북이가 이겨!"라고 단정 짓지 말았으면 한다.

우리의 독서목표 또한 어떤 목표를 갖고 있느냐에 따라서 계획을 다르게 잡아야 한다. "꼭 1,000권을 읽어야 되나요?"라는 질문을 받게 된다. 난 아니라고 생각한다. 100권만 읽어도 된다. 순자가 말했다. "인간은 누구나 후천적인 노력으로 성인이 될 수 있지만, 그렇게 하도록 만들 수는 없다." 자신의 꿈이 크지 않다면 100권만 읽어도 된다. 김득신, 빌게이츠, 손정의, 김대중 대통령, 빌게이츠는 책을 통해 자신을 넘어 섰고 많은 사람들의 롤모델이 되었다. 이 정도의 인물이 되고 싶지 않다면 솔직히 말해서 100권도 많이 읽는 것이다.

난 독서법과 관련된 책을 많이 읽었다. 그런 책들을 읽어보면 '많이 읽어라!', '한 책을 여러 번 봐라!', '필사를 해라' 등 정말 다양하게 말을 하는데 난 "당신이 성장하고 싶은 만큼만 읽어라!"고 말해주고 싶다. 책을 읽다보면 필사를 하고 싶은 책이 있고, 책을 읽다보면 여러 번 읽고 싶은 책이 생기는 것이지 무조건 필사를 한다고 좋은 것도 아니고 무조건 한 책을 여러 번 본다고 좋은 것은 아니라고 생각을 한다.

여러 책에서 의식과 사고의 수준이 한 단계 격상되는 임계점을 돌파해야 된다고 말한다. 우리 집 뒤에 있는 뒷산을 오르고 싶다면 그에 맞는 임계점만 넘으면 된다. 그럼 한 번의 임계점 돌파만으로도 그 산을 넘을 수가 있다. 심지어 임계점 돌파하기 전에 뒷산 정산에 오를 수도 있다. 그런데 내가 오르고자 하는 산이 에베레스트 산이라면 한 번의 임계점 돌파로 그 산을 넘기 힘들 것이다. 1,000권이나 10,000권이 아닌 100,000권이 필요할 수도 있다.

그러니 세계를 변화시키고 싶다면 솔직히 1,000권도 부족하다. IT 혁명을 선도한 빌 게이츠는 초등학교 때부터 엄청난 양의 책을 읽었다. 그의 아버지 말에 의하면 빌 게이츠는 염려가 될 정도로 도서관에 파묻혀 살았다고 한다. 하루의 대부분을 책만 읽으며 보냈다고 한다. 책에 미친 아이였던 것이다. 이렇게 미친 듯이 읽은 결과 빌 게이츠는 일반인들이 평생 동안 읽어도 못 읽을 분량의 책을 이미 초등학교 졸업 전에 다 읽었다. 책이 아니더라도 원래부터 빌 게이츠가 특출 나서 IT 혁명을 선도한 인물이 되었을까? 빌게이츠는 한 인터뷰에서 "오늘의 나를 있게 한 것은 우리 마을 도서관이었고, 하버드 졸업장보다 소중한 것이 독서하는 습관이다"라고 말했다. 또 다른 자료를 보면 자기 동네에 있는 작은 도서관에 있던 책은 모두 다 읽었다는 이야기도 전해진다.

내가 말하는 독서 임계점은 석유재벌, 귀족가문, 왕족으로 태어나지 않고 자수성가한 사람들을 이야기 하는 것이다. 석유재벌이나 귀족들은 독서 임계점이 아니라 재산 임계점을 넘고 태어났기에 자신들이 하고 싶은 모든 것들을 할 수 있으니 독서가 필요 없을 것이다.

책이 좋은 점은 내 의견이 무시당하지 않고 뛰어난 인물들과 대화가 가능하다는 것이다. 십대시절 어른들과 대화를 하다보면 무시당하는 기분을 느낄 때가 있다. 또한 어른들의 틀로 십대들을 가르치려고 하기 때문에 세상을 바라보는 틀이 생길 수밖에 없다. 그런데 독서는 다른 사람의 시선을 의식할 필요도 없고 내가 원하는 대로 저자와 대화를 하며 다방면으로 상상의 토론을 할 수 있게 된다. 저자가 되어 보기도 하고, 반대의견을 생각해 보기도 하고 여러 각도로 생각을 해볼 수 있다. 이로 인해 자신의 주관적인 생각을 갖게 되고 자신의 길을 갈 수 있는 원동력을 얻게 된다. 난 십대시절에는 고정관념을 깨고 편견 없는 눈으로 세상을 바라보는 법을 배워야 된다고 생각한다.

　타인과 같은 공부를 하고, 타인과 같은 생각을 하고, 타인과 같은 삶을 살고 싶은 사람은 없다. 그런데 우리는 독서를 하지 않고 획일적인 공부를 하기 때문에 싫지만 이런 삶을 살고 있다. 십대시절에 자신만의 길이 무엇인지 찾아 그 길을 갈 수 있다면 참으로 행복할 것이다. 그럼 우리나라에도 빌 게이츠, 마크 주커버그, 잭 안드라카와 같은 인물들이 나올 텐데 말이다. 타인의 시선에 꿈을 접지 않고 주관을 갖고 자신의 길을 당당하게 걸어갈 수 있는 십대들이 많아질 수 있도록 묵묵히 기다려주는 어른들이 필요하다. 그러니 당장 눈앞에 결과가 보이지 않더라도 책이 주는 힘을 믿고 조금씩 꾸준히 실천해 나갈 수 있도록 도와주자.

　토끼와 거북이를 통해 내가 느낀 세 번째는 꼭 토끼가 될 필요도, 거북이가 될 필요도 없다는 것이다. 내가 하기 싫은 공부를 하니 토끼처럼 빨리 공부하고 싶고 공부한 것에 비해 성적이 잘 나왔으면 좋겠다는 생각을 하는 것이다. 내가 진짜 원하는 걸 찾고 그것을 발전시키기 위해 다양한 책을 읽는다면 거북이처럼 끈기 있게 노력하지 않아도 즐기면서 공부를 하게 될 것이다. 진정으로 자신이 원하는 공부를 하게 된다면 토끼의 엄청난 속도를 갖게 될 것이고 거북이의 노력이 합쳐질 것이다. 그럼 임계점도 필요 없다. 날마다 임계점을 돌파하는 기분을 얻을 것이기 때문이다.

06

롤 모델을 찾아라

2018년 러시아 월드컵에서 한국은 죽음의 F조에 속해 16강 진출에 실패를 했다. 16강 진출에는 실패를 했지만 조별예선에서 대한민국은 세계를 놀라게 했다. 당시 FIFA 랭킹 1등이자 2014년 브라질 월드컵에서 우승을 했던 독일을 상대로 대한민국이 2:0으로 승리를 거둔 것이다! 후반 48분에 터진 김영권의 극적인 결승골, 3분 뒤 후반 51분에 터진 손흥민의 쐐기골까지 더해져 세계최강이자 월드컵 디펜딩 챔피언인 독일의 16강 진출을 좌절시켜 버렸다. 이전 월드컵 우승국은 다음 대회에서 16강 진출에 실패를 한다는 징크스가 있었는데 독일은 그 징크스를 깨고 16강에 진출할 것이라고 모두 생각을 했다. 왜냐하면 상대가 대한민국이었기 때문이다. 이 경기에서 엄청난 선방으로 대한민국 골문을 지킨 조현우 선수는 갓현우, 빛현우라는 별명을 얻게 되었고 조현우 선수 덕분에 K리그에 흥행의 바람이 불고 있다. 특히 그가 뛰고 있는 대구FC 구장에는 많은 팬들이 그를 보러 오고 있다. 이로 인해 많은 십대들이 조현우선수를 보며 대한민국 차세대 골키퍼가 되고 싶다는 꿈을 갖게 되었다.

조현우 선수가 인기가 많아졌다고 하지만 현재 대한민국의 축구선수를 꿈꾸는 모든 십대들의 우상은 손흥민 선수 일 것이다. 독일 분데스리가를 점령하고 현재 영국 프리미어리그 토트넘에서 뛰고 있는 그는 월드클래스 공격수라는 칭호와 함께 엄청난 활약을 매 경기 보여주고 있다. 그가 받은 상을 보면 그가 얼마나 위대한 선수인지를 잘 알 수 있다.

〈개인 성적〉

함부르크 아벤트블라트 선정 11월 함부르크 SV 최고의 선수 : 2010

분데스리가 전반기 최우수 신인 : 2010

빌트지 선정 분데스 영건 베스트 일레븐 : 2011

피스컵 베스트 네티즌상 : 2012

ESPN 선정 올해 최고의 아시아 축구선수 : 2013

대한축구협회 올해의 선수상 : 2013, 2014, 2017

AFC 아시아 베스트 일레븐 : 2012

AFC 아시안컵 드림팀 : 2015

2014년 FIFA 월드컵 맨 오브 더 매치 : vs. 러시아 (조별리그)

AFC 선정 올해의 아시아 국제선수 수상 : 2015, 2017

2016년 아시안 어워즈 스포츠 부문 수상 : 2016

EPL 사무국 선정 EA스포츠 이달의 선수상 : 2016년 9월, 2017년 4월

런던풋볼어워즈 올해의 선수상 : 2019년 3월

토트넘 올해의 선수상 : 2018-19

〈팀 성적〉

독일 함부르크 SV 피스컵 : 우승 (2012)

잉글랜드 토트넘 홋스퍼

UEFA 챔피언스리그 : 준우승 (2018-19) 프리미어 리그 : 준우승(2016-17)

대한민국

AFC U-16 축구 선수권 대회 : 준우승(2008)

아시안 게임 축구 : 금메달(2018) AFC 아시안컵 : 준우승(2015), 3위 (2011)

2019 U20 폴란드 월드컵에서 젊은 태극전사들의 엄청난 활

.

약으로 대한민국 역사상 처음으로 FIFA가 주관하는 월드컵이라는 세계적인 무대에 남자대표팀이 결승진출을 하는 역사를 썼다. 아쉽게 우승컵은 들어 올리지 못했지만 U20에 참가한 형들보다 2살 어린 이강인선수의 가치를 전 세계에 증명하는 무대였다. 이강인은 스페인 라리가 발렌시아 1군 데뷔 이후 오히려 장막 속에 가려졌었다. 최연소(17세253일) 1군 데뷔와 구단 100년 역사 최초 동양인이라는 타이틀을 얻었다. 하지만 구단은 너무 어린 나이와 팀 전술상 즉시 전력감이 아니라는 이유로 이강인을 벤치에 앉혔다. 경기에 뛰는 모습을 볼 수 없으니 전문가들조차 어떤 유형의 선수인지 파악하기 어렵다고 했던 축구 신동은 U-20 월드컵에서 자신의 가치를 스스로 증명해냈다. 그 결과 이강인은 골든볼을 수상하게 되었다. 그것도 메시에 이어 두 번째로 어린나이에 골든볼을 수상한 것이다. 자신보다 2살 많은 형들을 제치고 말이다. 이번 월드컵으로 인해 '강인이형'이라는 별명이 생겼다. 역대 골든볼 수상자를 보면 디에고 마라도나, 리오넬 메시, 세르히오 아게로, 폴 포그바 등이 수상을 했다. 앞으로 어떻게 성장하느냐에 따라서 이강인 또한 축구선수를 꿈꾸는 많은 십대들의 롤 모델이 될 것이다.

　지금은 대한민국의 많은 선수들이 유럽무대에 진출을 하고 멋진 모습을 보여주고 있지만 대한민국선수도 유럽에서 경쟁력이 있다는 것을 보여준 선수가 있다. 우리세대는 박지성을 기억하겠지만 박지성보다 먼저 유럽에 건너가 축구에 '축' 자도 꺼낼 수 없었던 대한민국을 축구라는 이름으로 전 세계에 각인시킨 인물이 있다.

"내가 그런 공격수랑 붙지 않은 게 정말 다행이다" – 이탈리아 최고의 수비수 파울로 말디니

"여기가 차붐의 조국입니까? 너무 와보고 싶었습니다. 그는 나의 우상입니다" – 2002년 한일 월드컵 독일팀 입국 당시. 독일 축구영웅 미하엘 발락

"나는 차붐 선수를 존경한다. 난 어릴 때부터 차붐을 보고 자랐다. 나도 그 선수처럼 되고 싶다" – 영국축구선수 마이클 오웬

"당신에게 사인을 받고 싶었습니다. 이 자리는 제게 정말 큰 영광입니다." – 거미손 골키퍼 올리버 칸

"내 자신은 어느 정도 성공한 공격수로 평가 받지만 차붐 정도는 아니다." – 독일공격수 클리스만

"차붐은 나의 인생에 있어서 가장 큰 영웅이다." – 포르투칼 영웅 루이스 피구

"우리가 풀지 못했던 주요한 문제는 차붐이었다. 차붐을 막을 수 없었다. 해결 불가능한 존재였다." – 맨체스터 유나이티드를 넘어 세계최고의 명장 퍼

그의 이름 차범근! 유럽에서는 차붐! 갈색 폭격기로 유명하다. 붐은 독일에서 폭발할 때 나는 소리를 뜻한다. 차범근은 폭발적인 실력으로 독일을 매료시킨 것이다. 차범근은 독일분데스리가에서 뛰었는데 당시에는 영국의 프리미어리그와 스페인의 프리메라리가 보다 더 위상이 높았다. 차범근 선수는 프랑스 축구 전문지 "Football"이 선정한 세계 4대 축구선수에도 이름을 올렸었다. 4대에는 차붐을 포함해서 마라도나, 펠레, 베켄바우어이다. 4대 공격수였던 베켄바우어는 차범근을 독일선수로 영입하고 싶다고까지 말을 했었다. 독일의 시인 에크하르트 헨샤이트가 지은 '차범근 찬가'를 보자.

"용맹한 코리아여, 그대들이 우리에게 차붐을 보냈도다 당신의 플레이를 처음 본 순간 우리의 심장은 마법에 걸렸노라 흑백 축구공의 노련한 예술가 차붐이여"

롤 모델을 이야기하면서 축구 책도 아닌데 손흥민, 이강인, 박지성, 차범근을 언급하는 이유가 뭘까? 운동선수가 십대들이 선호하는 직업 중에 하나이기 때문이다. 축구선수들도 어느 정도 이상 성공을 하고 나면 꼭 하는 일이 있다. 그건 바로 자서전을 내는 것이다. 왜 자서전을 낼까? 자신들이 그 자리까지 올라가기 위해 평탄한 길을 걸었을까? 절대 아닐 것이다. 훈련을 어떻게 했는지, 시련은 어떻게 극복을 했는지, 포기하고 싶었던 순간, 축구 훈련은 어떻게 해야 하는지, 월드클래스가 되기 위해 멘탈은 어떻게 관리 했는지, 유럽에 가기 위해서는 어떻게 해야 하는지, 축구이외의 문화적인 Tip 등을 책에 적어 놓았다. 자신을 보며 축구선수를 꿈꾸는 십대들에게 최대한 많은 정보를 디테일하게 글로 적어서 축구선수를 꿈꾸는 모든 십대들에게 도움을 주고 싶기 때문이다. 모든 축구선수들이 말을 잘하는 것이 아니기 때문에 인터뷰만으로는 모든 이야기를 다 해줄 수 없다. 인터뷰로 모든 이야기를 해주기에는 시간이 너무 부족하기도 하다. '아, 이 말을 했어야 했는데' 라던가 '이 말을 해주고 싶은데 물어보는 사람이 없네.' 라는 말들을 조용히 앉아서 기억나는 모든 것들을 적어서 우리에게 책으로 보여주는 것이다.

축구 뿐 일까? 요즘에는 유튜버가 십대들에게 각광받고 있는 직업 중에 하나이다. 유튜버들 또한 성공을 하고 나면 책을 쓴

다. 모든 직업의 성공척도 중 하나가 책을 쓰는 것이다. 유튜버들 또한 책을 쓰는 이유는 성공했다는 걸 자랑하기 위함이 아니다. 자신들의 노하우와 자신들의 삶의 가치를 나누면서 유튜버를 꿈꾸는 모든 사람들에게 도움을 주기 위함이다. 유튜브를 하는 사람들의 장점은 뭘까? 세상의 모든 직업이 유튜브 안에 있다는 것이다. 초등학생들의 실험하는 초통령 허팝〈허팝과 함께하는 유튜브 크리에이터 되기〉, 1인 크리에이터들의 진정한 롤모델 대도서관〈유튜브의 신〉, 본업은 약사이고 부업으로 유튜브를 하면서 100만 크리에이터가 된 똘기 충만 라이프를 보여주고 있는 고퇴경〈나는 유튜브로 논다〉, 핵인싸 틱톡 여신 옐언니의 〈15초면 충분해, 틱톡!〉, 독보적 유튜버 박말례할머니와 천재 PD 손녀 김유라의 〈박막례, 이대로 죽을 순 없다〉 내가 설명해주지 않았지만 더 많은 책들이 있다.

먼저 롤 모델을 찾아라! 그리고 그가 쓴 책을 정독하자. 정독이 끝났다면 최소한 3번 이상은 읽어보자. 그 사람이 위인이라면 여러 출판사에서 위인전, 평전, 자서전 등을 출판했을 것이다. 다양한 책을 읽고 롤 모델의 삶을 간접경험 해보자.

아직 롤 모델이 없다고? 롤 모델을 찾기 위해서라도 다양한 인물의 책을 읽어보자. 난 그래서 십대들에게 꼭 추천하는 분야가 있다. 위인전과 자서전이다. 위인들의 어린 시절을 보면 웬만한 사람들보다 더 '또라이'였다. 또라이들도 성공을 했다면 당신도 책을 통해 성공할 수 있다.

07
성공한 사람들의 괴짜성, 그들만의 루틴을 찾아라

"성공은 형편없는 선생님이다. 그것은 똑똑한 사람들로 하여금 절대 패할 수 없다고 착각하게 만든다." 마이크로 소프트 공동 창업자 빌게이츠가 한 말이다. 성공에 초점이 맞춰져 있다면 절대로 새로운 도전을 할 수 없다. 새로운 걸 도전한다는 것 자체가 불확실한 확률이기 때문에 정답사회에 익숙해져 있다면 절대로 도전을 하지 않을 것이다. 우리나라처럼 교과서와 시험에만 관심이 있다면 말이다. 이런 교육은 정답만이 중요하다.

어떤 괴짜가 이웃집 헛간에 앉아 있었다. 이를 본 그의 누나는 "알! 너 뭐하니?"라고 물었다. 알은 "병아리를 내가 탄생시키려고!"라고 말했다. 이 괴짜는 누구 일까? 알은 그의 아명으로 그는 바로 에디슨이다. 며칠 전 계란 위에 거위가 앉아 있는 걸 보았고 그의 어머니는 그래야 새끼가 알을 깨고 계란에서 나온 다고 말을 해줬기 때문에 에디슨은 이런 짓(?)을 저질렀기. 지금 은 최고의 발명가라고 말하지만 그 당시 가족들은 "에디슨은 정 말 미쳤어!"라고 생각을 했을 것이다. 어릴 때부터 엉뚱하고 이 상한 행동을 많이 하던 에디슨. 언제 또 무슨 일을 저지를까 걱 정이 될 정도로 궁금한 것을 해결하기 위해 독특한 행동으로 말 썽을 많이 부렸다.

에디슨도 "사람도 새처럼 날 수 없을까?"라는 생각을 했다고 한다. 이 생각을 에디슨만 한 것이 아니다. 이 생각을 라이트 형 제도 했었다. 모두가 잘 알고 있는 것처럼 라이트형제는 하늘을 날고 싶었던 인류의 꿈을 실현시켰다. 이들은 독자적인 연구만 으로는 도저히 어렵다고 판단하여 미국 스미소니언 재단 과학협 회를 찾아가 전문적인 과학자들에게 여러 정보를 듣기도 하며 열심히 노력한다. 그 결과 라이트 형제를 태운 최초의 동력 비행 기 플라이어 1호는 하늘로 날아올랐고 약 12초 동안의 짧은 비 행에 성공했다. 마침내 모든 사람들의 상상 속에만 있었던 하늘을 난다는 꿈을 이루어 냈고 그 이후 모든 게 바뀌었다.

라이트형제가 비행기를 만들 수 있었던 이유는 하늘을 날고 싶다는 꿈을 현실화시킬 수 있을 정도의 과학기술이 발달해 있었기 때문이다. 그렇다면 지금의 과학기술이라면 우리가 상상하는 모든 것들을 다 만들 수 있지 않을까? 그래서 21세기는 아이디어가 곧 돈이 되었다. 국민MC 유재석은 방송에 미친 사람이다. 많은 연예인이 인정하는 방송인이다. 자기가 맡은 프로그램을 통해 국민들에게 큰 웃음을 주기 위해 많은 고민을 했기에 지금의 국민MC, 예능 1인자가 될 수 있었다. 〈JTBC의 요즘 애들〉 프로그램에 예능에도 4차 산업을 접목해야 한다고 주장하는 괴짜 과학자가 출연했었다. 이때 유재석은 과거 '쿵쿵따' 시절 벌칙기구로 사용했던 '플라잉 체어'의 탄생배경에 대해 말했다. 자신이 "사람을 날릴 수 있으면 좋을 텐데"라고 한 말에 담당 PD가 '플라잉 체어'를 만들게 되었다고 한다.

난 앞으로 시대는 더욱 더 괴짜성을 가진 사람들이 성공할 확률이 높다고 생각한다. 괴짜성을 가진 사람들은 호기심과 그 일에 대한 순수한 열정을 갖고 있다. 〈아웃라이어〉를 쓴 말콤 글래

드웰은 성공하기 위해서는 '1만 시간' 이 필요하다며 1만 시간의 법칙을 강조했다. 1만 시간이란 하루 3시간, 10년 동안 꾸준히 한 분야에 총 10,000시간을 들이면 그 분야의 최고가 될 수 있다는 것이다. 그러니 지금 하고 있는 그 생각이 엄청 중요하다. 그 생각을 10년 동안 꾸준히 하루에 3시간씩 투자 할 수 있다면 그 일을 하면 된다. 이 일을 할 수 있는 건 괴짜 밖에 없다. 학교 공부하라는 소리를 이겨내고 묵묵히 자신의 미친 짓을 할 수 있어야 하기 때문이다. 그런데 사람들은 더 빨리 성공하고 싶어 한다. 그러면 어떻게 하면 될까? 하루에 6시간씩 하면 5년 안에 1만 시간을 채울 수가 있다. 3년 안에 성공하고 싶다면 하루에 10시간씩 3년 동안 하면 된다. 쓸데없는 짓 일수도 있는데 어떻게 이 짓을 3년 동안 할 수 있냐고 반문을 할 수도 있다. 이 반문을 이길 수 있는 건 '꾀자' 들만 가능하다.

엄마들이 싫어하는 실험하는 초통령 허팝. 여러분들도 허팝처럼 어린 시절, 쓸데없는 호기심을 가졌다가 사랑의 매를 맞았던 기억이 있을 것이다. 허팝은 그 사랑의 매를 다 극복(?)하고 순수한 호기심을 그대로 간직한 채 성인이 되었다. '솜사탕으로 침대를 만들면?' , '액체 괴물로 수영장을 만들면?' 쓸데없는 궁금증이라도 무조건 실험을 하는 그의 모습을 보고 있으면 보는 사람의 심장까지 쫄깃해진다. 쓸데없는 실험을 통해 허팝은 이제 대한민국을 대표하는 실험자이자 초등학생들의 멋진 초통령이 되었다. 여전히 무궁무진한 상상력이 반영된 실험 영상을 만들고 있는 허팝은 어린 시절 해보고 싶었는데 해보지 못했던 것들을 성인이 되어서 마음껏 하고 있다. 그가 실험을 하는 이유는 간단하다. '아 이런 걸 만들면 어떨까?' 이런 호기심을 충족시키기 위함이다. 그런데 이런 걸 직접 하면 엄마에게 등짝 스매시를 맞을 것이 뻔 하기 때문에 대한민국 초등학생들을 대신해서 어떤 결과가 나오는지 실험을 해주는 것이다. 아침에 눈을 뜨면 '아 오늘 뭐하고 놀지?'를 가장 먼저 생각한다고 한다. 놀게 떠오르면 준비해서 영상으로 찍고 유튜브에 올린다. 실험했던 것들에 기억에 남는 것은 '액체 괴물 수영장'이라고 한다. 초등학생들이 놀만한 크기의 수영장에 액체 괴물을 쏟아 붇고 거기서 수영을 하는 것이다. 이 짓(?)은 초등학생만 하고 싶었던 것이 아닌 것 같다. 조회 수 28,936,452회를 기록한 걸 보면 호기심 많은 어른들도 많이 본 것 같다. 약 322만 명의 구독자를 가진 허팝이 앞으로 어떤 실험을 하게 될지 기대가 된다. 그가 계속 엄마에게 등짝 스매시 맞을 만한 실험을 계속 할 수 있는 이유는 팬이 있는 것도 있지만 스스로 행복함을 느끼고 있고 자기가 하는 일에 재미를 느끼기 때문이다. 취미가 이거고 특기가 이거고 노는 게 이것이라는 말하는 그를 통해 대한민국에 제 2의 허팝들이 많이 나왔으면 한다.

또한 괴짜들은 불편함을 못 참는다. '밤에 빛이 없어서 불편'함을 느낀 에디슨이 전구를 만들었고, '저기 까지 가기 귀찮은데'를 느낀 벨이 전화기를 만들었다. 빌게이츠는 아직 컴퓨터가 상용화되지 않았던 시절 '모든 책상 위에 컴퓨터를, 모든 가정에 컴퓨터'이라는 커다란 목표를 세웠고 당시로서는 불가능한 일로 보였지만 현실로 만들어냈다. 그 덕분에 마이크로소프트는 세계 소프트웨어 시장을 석권했으며 매출은 현재 연 140억 달러를 넘는다.

1986년 MS사가 상장되면서 빌 게이츠는 서른 한 살의 나이에 역사상 가장 어린 억만장자가 되었으며 포브스 선정 세계의 갑부 1위에 11년째 올랐던 인물이다.

그런데 빌 게이츠는 위대한 프로그래머는 아니었다. 하지만 그는 이미 존재하는 기술을 시장에 접목시키는 능력은 타의 추

종을 불허했다. 난 이 힘이 장르라는 개념을 생각하지 않고 다양하게 읽었던 엄청난 독서량에서 왔다고 생각을 한다. 오늘날 마이크로소프트의 대히트 작품으로 알려진 PC 운영체제 도스(DOS), 윈도우 그리고 웹 브라우저인 익스플로러는 빌 게이츠의 발명품이 아니었다. 도스는 시애틀 컴퓨터 프로덕트사의 작품이고 윈도는 애플사의 애플 윈도에서 아이디어를 얻었다.

그렇다고 빌 게이츠는 단순히 모방사업을 잘 하는 사람이라고 볼 수 없다. 빌 게이츠의 손을 거쳐 간 작품들이 대성공을 거둔 것은 단순한 우연이라고 할 수 없다. 프로그래밍을 통해 잔뼈가 굵은 그는 컴퓨터 세계에서 누구보다 정확한 안목을 가지고 있었기에 수많은 경쟁자들을 따돌리고 '컴퓨터제왕' 이 될 수 있었다. 빌 게이츠는 학교 공부보다는 백과사전과 공상을 좋아했다. 백과사전은 거의 외우다시피 읽어 젖혔다. "사실 궁금하고 알고 싶은 게 너무 많았어요. 백과사전을 한 장 넘길 때마다 몰랐던 세상의 하나하나가 내 것이 되는 것 같아요." 빌게이츠의 말이다. 그런데 난 빌게이츠가 했던 선택 중에 최고의 선택은 하버드 대학을 중퇴한 결정이라고 생각을 한다. 빌 게이츠는 새로운 소형 '알테어' 의 운용 프로그램을 개발하는 것이 미래를 결정짓는 최고의 관건이라는 것을 깨달았다. 빌 게이츠와 폴은 온힘을 다해 프로그래밍 작업에 나섰다. 그 시기 상당히 많은 초기 컴퓨터 마니아들과 해커들이 이 프로그램을 개발해서 초기 소형 컴퓨터 제조회사를 만들기 위해 치열한 경쟁에 뛰어들고 있었다. 빌 게이츠는 대학교를 졸업하고 나서 회사를 차리면 기회를 놓칠 것이라는 생각을 하게 된 것이다. 경쟁자들을 알거나 보지 못했지만 자신들의 무서운 경쟁자들이 차고에서 기숙사에서 빈 사무실에서 새로운 문명의 선두 주자가 되기 위해 중대한 레이스에 돌입하고 있다는 사실을 깨달았다. 빌 게이츠는 말한다. "나는 대학을 진심으로 사랑했다. 내 또래의 똑똑한 친구들과 모여 앉아 이야기를 나누는 것이 그렇게 즐거울 수가 업었다. 그러나 소프트웨어 회사를 차릴 수 있는 기회는 두 번 다시 찾아오지 않을 거라는 생각이 들었다. 열아홉의 나이로 그렇게 나는 사업의 세계에 뛰어들었다." 빌 게이츠가 예상한 대로 세계는 그때부터 엄청난 속도로 바뀌었다. 그때 결정으로 인해 빌 게이츠는 세계에서 가장 성공한 기업인이자 세계 최대의 부자가 되었다. 이 모든 것은 결정적인 순간 게이츠 자신이 진로에 대해 정확한 판단을 내리고 결단했기 때문에 가능했다. 눈앞에 보이는 것보다는 본질을 볼 수 있었고, 그 본질이 미래를 어떻게 바꿀 것인가에 대한 완벽한 통찰력을 갖고 있었다.

하버드 대학교 졸업장보다 소중한 것은 독서하는 습관이라고 말한 빌 게이츠. 교과서만 읽고 대학에만 목숨을 걸고 있는 대한민국에게 말한다. "나는 몇몇 과목의 시험에서 낙제를 받았다. 하지만 내 친구는 모든 과목의 시험을 통과했다. 지금 그 친구는 마이크로소프트의 엔지니어이고 나는 마이크로소프트의 오너다."

시대는 빠르게 변한다. 그 시대의 변화속도에 자신의 색깔을 입혀 세상에 어떻게 표현할 수 있을까를 생각해보고 그 생각을 현실화시킬 수 있는 공부가 필요하다. 빌 게이츠는 1975년에 이 결정을 내렸다. 그로부터 약 45년이 지났다. 45년의 변화보다 앞으로의 1년의 변화가 더 빠를 것이다. 그런데도 여러분들은 과거교육에 머물러 있을 것인가? 배운 내용에 대해 활용할 수 있는 방법에 대해 교육을 받지 않는 대한민국. 문제지의 문제는 미친 듯이 풀지만 진정 세상에 넘쳐나는 문제들은 풀지 못하는 대한민국이다. 진짜 우리가 풀어야 할 문제는 교과서가 아닌 세상에 있다.

무대에 서는 모든 사람들이 듣고 싶어 하는 말이 있다. 그건 바로 '앵콜'이다. 그런데 독특한 방법으로 앵콜 무대를 꾸민 괴짜 천재 피아니스트가 있다. 그 괴짜는 중국이 낳은 세계적인 피아니스트 '랑랑'이다. 현재 세계적으로 가장 몸값이 비싼 피아니스트 중에 한 명이다. 그는 열정적이고 현란하며 다양한 연주 시력으로 인기를 얻게 되었다. 그는 어릴 적 만화와 영화를 좋아해서 베토벤의 곡은 미키마우스처럼, 모차르트의 곡은 트랜스포머를 연상하며 본인만의 방법으로 연주를 한다고 밝혔다. 그의 괴짜성은 앵콜 무대에서도 드러난다. 2010년 샌프란시스코 데이비스 심포니 홀에서 열린 피아노 연주회 마지막 사람들의 앵콜 요청에 독특한 방법으로 화답한 랑랑은 피아노 건반 대신 태블릿PC를 들고 림스키코르사코프의 〈왕벌의 비행〉을 연주한다. 피아노로도 치기 어려운 이 곡을 태블릿PC로 쳐버린 것이다. 무대 위에 오케스트라 단원들뿐만 아니라 객관들까지 그의 이색적인 무대에 눈을 떼지 못했다. 이어 오른손으로는 태블릿PC로 왼손으로는 피아노를 연주 해 관객들의 환호를 받았다. 이외에도 그는 자신의 연주나 작업에 첨단 기기와 협업하는 과감한 시도를 이어가고 있다. 자신의 뮤직비디오를 3D로 작업을 하고 중국의 한 프로그램에서는 53개의 손가락을 가진 로봇과 피아노 협

주를 하기도 했다. 배운 대로만 하면 창의성이 나올 수가 없다. 배운 대로만 한다면 수많은 경쟁자들을 이길 수도 없다. 그 경쟁자들을 내가 이겼다고 한들 AI는 이기기 힘들다.

당신의 색깔을 과학기술과 접목해서 세상에 어떤 하모니를 보여줄 것인지 십대시절에 고민하지 않는다면 더 이상 생각할 기회는 없다. 20대가 되었을 땐 당장의 생존을 위해 돈 버는 데만 모든 생각이 집중되기 때문이다. 아까운 십대시절을 어떻게 보낼 것인가? 난 괴짜가 되길 추천한다. 또한 21세기는 경쟁이 아닌 사람과의 상생이든, 자연과의 상생이든, 과학기술과의 상생이든, 상생만이 살길이다.

08

너 잘 되라고 시키는 공부?
나 안 되는 공부

치열한 경쟁을 하며 살아가는 대한민국. 우리는 태어나는 순간부터 경쟁이 시작된다. 키와 몸무게는 평균보다 큰지 작은지로 시작 된 비교와 경쟁은 죽는 순간까지 끝나지 않는다. 비교 당하는 것을 좋아하는 사람은 없다. 그런데 우리는 비교와 경쟁을 왜 멈추지 않는 것일까? 지나가다가 두 여성의 대화를 듣게 되었다. 대화 내용을 봤을 때 초등학교 자녀를 둔 학부모인 것 같았다. "매를 들면 그때 공부를 하게 되더라고요! 그래서 혼을 내야 된다니까요!"라는 말을 듣게 되었다. 부모들이 매를 들어서라도 그 아이를 공부시키려고 하는 이유가 뭘까? 그 아이가 잘 되길 바라기 때문일 것이다. 자녀가 잘 되길 바라는 부모의 마음을 세계에서 대한민국이 최고일 것이다. 모성애가 강한 대한민국의 어머니들을 존경하며 나 또한 그 사람을 받고 자랐기에 우리 어머니께 감사함을 느낀다.

그렇지만 정말 우리 아이가 잘 되는 방법이 학교 공부밖에 없을까? 우리아이가 저렇게 싫어하는데 '정말 공부를 시켜야 할까?' 라는 고민을 한 번 해봐야 하지 않을까? 매주 액션모임을 함께하고 계신 김문선 참가자는 여행사 일로 인해 중국여행을 다녀왔다. 여행 중에 거래를 하고 있는 중국현지 여행사 직원분과 대화할 기회가 생겼다고 하셨다. 그 직원은 김문선씨와 비슷한 연배였고 비슷한 또래의 자녀를 키우고 계셨다. 그 직원은 자녀 때문에 너무 힘들다고 이야기를 하셨다고 한다. 수학을 14점인가 받아왔다고 한다. 이 말을 듣고 김문선씨는 "자녀를 진심으로 대해주세요. 진심으로 뭘 좋아하는지 관심을 가져주시고요. 지금 중국의 교육열이 엄청 높아졌다고 하는데 모든 아이가 똑같은 공부를 하고 똑같은 능력을 갖게 되면 그 아이들은 나중에 먹고 살기가 더 어렵게 될 거에요. 지금 중국의 발전 속도를 보세요. 유명한 호텔이나 관광지를 가보면 무인기계가 다 점령했어요. 현금으로만 거래하던 중국이 이제는 휴대폰하나로 모든 결제를 다 하고 있잖아요. 책 한권 선물해 드릴 테니 그 책 읽어

보시고 다시 자녀를 바라봐줬으면 해요."라고 말했다고 한다. 그 책이 궁금한가? 그 책은 책을 읽고 메일을 보내주면 관심 있는 사람만 알려주겠다.

나랑 〈옛날형님〉 유튜브를 하고 있는 털보 장원종씨는 최근에 서울에 있는 병원에 진료를 받으러 갔다고 한다. 자신과 비슷한 병을 갖고 있는 사람들의 모임이 있는데 안 나가다 최근에 그 모임에 다시 나가게 되었다고 한다. 거기서 놀라운 이야기를 듣게 되는데 AI가 연구해서 개발한 약이 있는데 그 약의 효과가 탁월하다는 것이다. 그런데 더 놀라운 일은 의사들이나 의학전문가들 조차 왜 그렇게 약을 만들었는지 모르며, 그 성분들이 왜 그런 효과를 나타내는지를 알 수 없다고 한다. 이해는 되지 않지만 AI가 연구한 결과로 임상실험을 해본 결과 이해할 수 없는 탁월한 효과가 증명되었다고 한다.

AI가 이런 놀라운 일을 가능케 할 수 있는 원동력은 어디에 있을까? 그건 바로 '빅 데이터'에 있다. 무한대의 책이 AI속에 있기 때문에 가능하다. 변미리 서울연구원 미래연구센터장은 '지식의 민주주의'가 빠르게 퍼질 것으로 보인다."며 "인공지능 사회의 도래로 전문가 집단 혹은 지식을 가진 계층의 힘이 빠르게 약화할 것"이라고 말했다. 인간은 일 년에 논문을 100개도 보기 힘들다. 그런데 AI는 몇 분 만에 수 만개의 논문을 읽어버린다. 인공지능이 무서울 정도로 성장하고 있는데 계속 우물 안 개구리로 자녀교육을 할 것인가? 십대시절에 좀 더 넓은 세계를 경험하고, 좀 더 많은 책을 읽는 방법 말고는 답이 없다. 내가 십대시절에 어머니와 나눴던 대화가 기억에 난다. 어머니는 나에게 "학원에 다녀야 하지 않을까?"라는 질문을 하셨다. 그때 난 "어머니 학교에서도 공부를 안 하는데 제가 학원에 간다고 공부를 할까요? 그런데 어머니 제가 공부를 안 하는 이유는 하기 싫어서가 아니에요. 내가 궁금한 게 있어서 물어보면 '시험에 안 나온다', '쓸데없는 거 물어보지 마라', '그냥 의문 가지지 말고 외워라!' 라고 선생님이 말해요. 공부라는 게 내가 궁금한 것을 알기 위해서 하는 거 아닌가요? 난 학교 공부하다가 오히려 호기심만 사라지는데요? 제가 진짜 공부를 하고 싶다는 생각이 들면 그때 할게요!" 어머니는 나의 이야기를 듣고 내 의견을 들어주셨다. 아직 그 생각이 들지 않았기에 삼십 대가 된 지금까지 학원을 다니지 않고 있다. 난 이런 생각을 했었다. '십 년 전에도 이걸 공부 했을 것이고 십 년 후에도 이걸 공부 할 텐데 모두가

다 하는 공부를 나까지 왜 해야 하지? 맨 날 같은 문제를 풀면 뭐해! 세상의 문제는 더 많아지고 있는데 말이야!' 나 잘되라고 하는 공부를 열심히 한 결과 오히려 대한민국엔 '나다움'이 사라졌다.

대신 이런 생각을 한다. '내가 십대시절에 나를 공감해주는 사람이 있었다면? 막연히 책을 '읽어'라고 말 해주는 것이 아니라 내 눈높이에 맞게 대화를 통해 책을 읽을 수 있도록 도와 준 사람이 있었다면 십대시절에 책에 미칠 수 있었을 것이다. 후회한들 달라지는 건 없다. 그렇지만 지금 십대들에게는 내가 그런 사람이 되어줄 수 있다고 생각한다. 십대들이여, 너 잘 되라고 하는 말이야! 너를 위해서 이제 제대로 책 한 번 읽어볼래?

책에는 답이 있다고 말한다.
그렇다면 내 책에도 답이 있을 것이다. 내 책을 통해
많은 사람들에게 희망을 선물해주고 싶다.

실패를 많이 해라고?
실패할 시간이 없어!

"나는 실패한 것이 아니다. 나는 효과가 없는 10,000개의 방법을 발견한 것뿐이다." 어떤 도전을 했기에 10,000번의 도전을 했을까? 세기의 발명왕 에디슨이 전구를 발명한 비결은 바로 '실패' 이다. 2399, 전구를 발명하기 까지 에디슨이 실패한 횟수라고 한다. "나는 단 한 번도 실패한 적이 없다. 전구에 불이 안 들어오는 2399개의 이유를 알았을 뿐이다" 단 한 번에 성공을 했다면 전구가 갑자기 꺼지거나 여러 변수가 생겼을 때 에디슨은 멘붕이 왔을 것이다. 그러나 2399번의 실패의 경험 덕분에 그는 진정한 발명왕이 되었다.

49세 운영하던 레스토랑 화재로 망하게 된다. 66세 두 번째

레스토랑은 경영 악화로 파산했다. 이후 자신의 레시피를 가지고 전 미국을 돌며 홍보했지만 1008개의 식당에서 문전박대를 당했다. 포기하지 않고 한 번 더 도전한 결과 1009번째 식당에서 첫 계약을 성공했다. 그 결과 현재 110여 개국, 1만7000개 이상의 매장을 운영 중인 세계적인 패스트푸드점으로 성장했다. 대한민국에서 '닭껍질튀김'으로 다시 인기를 끌고 있는 곳! 1008전 1009기 성공신화 KFC 할아버지 커넬 샌더스는 말한다. "결국 실패란 다음에 보다 좋은 무엇인가를 하기 위한 발판에 불과하다"고 말이다.

3번의 대학입학 시험 낙방, 30번의 입사시험 실패, 2번의 사업 파산 후 다시 도전해 3번째 창업한 '알리바바닷컴'으로 재기에 성공한 중국을 넘어 아시아를 대표하는 최고경영자로 등극한 인물. '이베이'를 몰아낸 중국 전자상거래 업체 알리바바그룹의 마윈 회장은 "실패를 두려워해선 안 된다. 실패에서 배우면 그것이 영양분으로 바뀐다."고 말한다.

2016년 9월 1일 X사의 로켓 펠컨9 폭발로 약 5,105억 원이 공중분해 되었다. 그러나 사고 발생 한 달 후 당당하게 자신의 꿈을 발표한다. "2018년에 화성 무인 탐사선을 보내고 2022년 화성에 첫 이주자를 보내겠다." 천문학적인 피해 속에서도 도전을 멈추지 않은 결과 다섯 번의 실패 끝에 로켓 회수에 성공한다. 민간 기업 최초 우주선의 발사부터 귀환까지 가능한 기술력을 보유하게 된 전기자동차 테슬라 모터스 스페이스 X사의 CEO이자 영화 아이언맨의 실제모델 엘론 머스크. 엘론 머스크는 저비용 우주여행이 가능하다는 것을 세상에 보여주었다. 그는 말한다. "만약 실패를 하지 않았다면 당신이 충분히 혁신적이지 않다"

실패의 사전적 의미를 보면 '일을 잘못하여 뜻한 대로 되지 않거나 그르침'이라고 적혀있다. 잘못하여 뜻한 대로 되지 않았을 때 포기하지 않고 계속 다른 방법으로 도전하게 된다면 어떻게 될까? 실패의 또 다른 뜻이 우리에게 답한다. '성공을 만드는 하나의 단계'가 되는 것이다.

혁신의 대명사 애플의 창업자 스티브 잡스는 신제품 프리젠테이션 발표를 위해 수백 시간을 연습했었다고 한다. 그가 수백 번 연습을 하는 이유는 뭘까? "100번째 연습을 하면 99번까지 발견하지 못했던 실수를 발견하게 된다."고 말한다. 그렇다면 계속 연습을 해서 1,000번 연습을 하게 되면 999번 연습하기 전까지 깨닫지 못했던 부분을 발견할 수 있게 된다. 이렇게 연습을 해도 실제상황에서 돌발 상황이 발생할 수 있다. 『스티브 잡스의 프리젠테이션 비법』의 저자 카마인 갈로에 책을 보면 스티브 잡스가 위기를 어떻게 극복하는지를 보여준다. 네트워크 연결에 문제가 생기자 잡스는 "아시다시피 여러분이 Wi-Fi에 접속되어 있다면 저를 조금은 도와주실 수 있을 것 같은데요. 그래서 여기에 무선네트워크에 문제가 있다는 것에 감사합니다. 여러분이 서로의 Wi-Fi가 켜져 있는지 살펴보는 동안 저는 좀 여유를 얻게 되었으니까요"라며 농담을 던져 청중의 웃음을 자아냄과 동시에 무대 뒤 엔지니어가 문제를 해결할 시간을 벌었다. 잡스는 흐름을 깨지 않고 스틸 사진을 제시하면서, 모든 프리젠테이션을 중단시키지 않고 진행해냈다.

아무리 많은 시간, 노력, 에너지, 자금을 프리젠테이션에 투입한다고 해도 계획대로 되지 않고 문제가 발생할 수 있다. 미리 준비되지 않은 문제들이 발생하는 것이다. 이럴 때 프리젠테이션은 중단될 수 있다. 일반적으로 이런 상황 속에서 프리젠테이터는 다음에 무엇을 해야 할지 모르게 된다. 발표를 중단하고 상품을 만지작거리거나 머릿속이 혼란해지면서 "다음 단계를 어떻게 하지?" 하고 당황한다.

잡스가 당황하지 않았던 이유는 엄청난 연습으로 인해 상황을 대처하는 능력이 생겼기 때문이다. 이때 스스로에게 질문해 볼 수 있다. '과연 나의 대책은 무엇인가?' 이때 새로운 문제해결능력이 생기고 실패할 뻔했던 경험이 오히려 반전을 일으킬 수 있게 된다. 내가 이런 이야기들을 어떻게 알았을까? 책 아니면 인터넷 기사를 통해 알게 되었다.

어른들은 십대들에게 말한다. "왜 이렇게 도전 정신이 없어?", "왜 이렇게 창의력이 없어?", "왜 이렇게 실패를 두려워해?!" 그런데 난 어른들에게 말하고 싶다. "우리 십대들이 도전할 수 있는 시간이 없다!" 그러니 우리 십대들이 실패할 시간도 없다. 7시 40분에 기상을 해서 8시30분까지 등교를 하고 2시 30분에 학교를 마치면 영어 학원, 수학학원, 피아노 학원 등을 가야되고 학원이 끝나고 귀가를 하면 저녁 먹을 시간이다. 저녁 식사 후에는 학교숙제, 학원숙제를 하다보면 잠잘 시간이 다가

온다. 그러다가 잠깐 스마트폰을 보려고 하면 쓸데없는 짓 하지 마라며 자라고 하는데 아이들이 언제 실패를 하고 언제 도전을 해보겠는가! 하루 중 자유롭게 3시간 이상 자신이 즐거워하는 일에 보낼 시간이 없다. 게임을 1시간만 해도 중독자취급을 받고, 멍 때리거나 잠깐 TV를 보거나 친구들이랑 놀려고 하면 세상이 무너질 것처럼 난리가 난다.

십대들이 스스로 생각을 정리할 시간이 없다. 십대들이 스스로 계획을 짜고 실패를 해서 본인의 경험을 직접 느낄 수 있는 시간이 없다. 자기주도라는 말이 있다. 자기주도를 가르쳐주는 학원도 엄청 많다. 그런데 이 말 뜻을 보면 이런 현상들이 너무 웃기다. 자기주도는 자기가 주도해서 공부를 하는 것인데 이걸 어떻게 학원에서 가르쳐 준다는 말인가? 그리고 심지어 모든 자기주도 학습 또한 교과서에만 국한 되어 있다. 자기가 주도해서 공부하고 싶은 부분부터 스스로 선택할 수 있어야 진정한 자기주도 학습이다. 그래야 억지로 앉아서 잘 하지도 못하고 좋아하지도 않는 학교공부를 억지로 하지 않고 자기가 하고 싶은 공부를 주도적으로 즐겁게 할 수 있을 텐데 말이다.

십대들이여, '무엇을 공부하고 싶은지'에 먼저 주도성을 갖길 바란다. 이걸 찾는 과정이 쉽지 않을 것이고 하루아침 만에 못 찾는 십대들이 많을 것이다. 이걸 찾고 공부를 해야지 억지로 3~4시간 공부하던 길에서 벗어나 빌 게이츠처럼, 워렌 버핏처럼, 스티브 잡스처럼, 에디슨처럼, 마크 주커버그처럼, 마윈처럼, 이강인처럼, 류현진처럼, 자신이 하고 싶은 일에 하루 4시간 이상 몰입할 수 있다. 이때 진정한 성장이 있다. 내가 말한 인물들도 수없이 많은 실패를 했다. 수없는 실패 과정 속에서도 그들은 포기하지 않고 계속 그 일을 한 이유는 그들이 주도적으로 자기가 하고 싶은 일을 선택했기 때문이다. 이강인의 인터뷰를 보면 "형들과 재미있게 즐겁게 해서 좋은 성적 내고 싶어요."라고 말한다. 연습하는 과정은 정말 포기하고 싶은 만큼 힘들 것이다. 축구안 할 때도 항상 축구만 생각한다는 이강인 선수에게 한 기자가 "아직 어린 나이인데, 모든 삶이 너무 축구일 땐 좀 답답하지 않아요? 재미있어요?"라는 질문에 어린 이강인 선수는 우리에게 정답을 알려준다. "그냥 좋아하니까…….축구가……." '불광불급'이라는 말이 있다. 어떤 일을 하는 데 있어서 미치광이처럼 그 일에 미쳐야 목표에 도달할 수 있다는 말이다. 제대로 미쳐야 제대로 성공할 수 있다.

뭐라도 다양하게 해봐야 내가 무엇에 미치고 무엇에 즐길 수 있는지 알 수 있다. 스스로 무엇에 미치고 무엇에 즐길 수 있는지를 생각할 시간을 확보하자. 십대는 부모님의 용돈도 받고 바로 직업을 얻을 필요가 없는 시기이다. 그러니 이때 실패를 안 해보면 언제 실패를 해보겠는가 말이다. 실패는 성공의 어머니라는 말을 다 안다. 대한민국의 어머니들이여, 십대들의 진정한 어머니가 되어서 실패를 즐길 수 있도록 도와주자.

02

10대 시절 독서가 답이다

대한민국의 사교육의 열기는 언제쯤 식게 될까? 드라마 〈sky캐슬〉을 보니 사교육의 열풍은 쉽게 사라지지 않을 것 같다. SKY캐슬에서 강준상은 "낼모레 쉰이 되도록 어떻게 살아야 하는지도 모르는 놈을 만들어놨잖아요. 어머니가"라고 말한다. 김주영은 "감수하시겠습니까?"라는 말에 "난 너를 위해 존재하는 사람이거든. 오직 결과만이 여러분의 가치를 증명한 다. 내가 합격시켜 줄 테니 얌전히, 조용히, 가만히 있어. 죽은 듯이." 과정이 어떻게 되었든 상관없다. SKY대학만 가면 다 해결이 되는 나라. 〈SKY캐슬〉에 나오는 강남 엄마들보다 실제 강남 엄마들이 공부에 대한 집착이 더 심하다고 한다. 강남 엄마뿐이겠는가? 대한민국 대부분의 부모님들이 이 맘일 것이다.

〈SKY캐슬〉 드라마가 나오기 10년 전에 일이다. 명절이라 외할머니 댁에 모였다고 한다. 나에게 멘토링을 받았던 학생은 잘 놀지 못하고 불안해했다고 한다. "왜 그랬냐고?"고 물었더니, "선생님도 수능 쳤죠? 그 거 엄청 어렵죠?"라고 물어 보는 것이다. 당연히 어려웠다. 수능공부를 한 번도 제대로 한 적이 없으니 말이다. 심지어 영어시험 칠 때는 영어듣기 2번 문제까지 듣다가 아무리 들으려고 해도 도저히 들리지 않아서 다 찍고 엎드려서 잤다. 그런데 학생이 질문을 했을 때가 초등학교 6학년 아니면 중학교 1학년 때 쯤 이었다.

나는 충격을 받았다. 난 고3 때 잠깐 했던 걱정인데 나에게 멘토링을 받았던 초등학생이 수능 걱정을 하다니 말이다. 더 충격적인 사실은 학생은 학원과 과외를 포함해서 약 10개 정도를 하고 있었다. 영어, 수학, 창의, 태권도, 중국어, 한자, 등을 하고 있었다. 마지막으로 정말 크게 충격 받았던 사실은 학생이 못 해도 반에서 5등 안에는 들 줄 알았다. 그런데 거의 꼴등이라고 한다. 학교 공부에 전혀 소질이 없는 학생이 10개의 사교육을 받았어야 했을까? 초등학생이었던 학생이 20살이 되었을 때 다시 만난 적이 있다. 학생의 방에서 이야기를 하다가 뜻밖의 상장들을 발견하게 되었다. 그 상장들은 학생이 글쓰기로 받았던 상장들이었다. 학생한테 물어보니 글쓰기를 좋아했고 책 읽는 걸 좋아했다고 한다. 그런데 엄마가 학생의 재능을 포착하고 개발시켜 준 것이 아니라 일단 공부나 잘 해라고 한 것이다. 그때 학생이 책을 읽고 계속 글쓰기를 했다면 나보다 먼저 작가가 되었을 것이다.

나의 사촌동생 소재영은 학교에 적응을 못하고 사고를 쳐서 고등학교를 정상적으로 다닐 수가 없었다. 당연히 공부도 거의 꼴등이었다. 그런데 우리 어머니의 도움으로 부산에 있는 한 대안학교를 다니게 되었다. 나는 사촌동생 재영이를 보면서 "진짜 별나다. 잠시도 가만히 있지 못 하네요"라고 말했다가 친척들에게 "여기 사촌동생 전체를 합쳐도 너 하나를 못 이긴다"는 소리를 들었다. 그렇다. 우리 사촌들 중에서 내가 제일 꼴통이었다. 명절이 끝나고 집으로 돌아가는 길에 꼭 할머니한테서 전화가 왔다. 전화 내용은 '리모컨이 없어졌다', 'TV안테나가 없다', '선풍기를 돌리려고 선풍기를 켰는데 바람이 안 나와서 봤는데, 선풍기 날개가 없다', '전화기가 유선전화기인데 무선전화기가 되어 있다' 이런 내용들이었다. 할아버지는 이런 나에게 호통을 치셨지만 할머니는 "아이니까 별나지! 얌전히 가만히 앉아 있으면 어른이지. 놔두소. 저게 정상인데 우리 병조 중학생만 되 바라. 엄청 얌전해질 거다!"라고 말씀 해주셨다.

우리 어머니는 학구열에 미친 사람이었다. 그런데 내가 중학생이 될 때쯤부터 하나님을 믿게 되셨고, 그때 어머니는 나에게 '공부는 안 해도 되니까 교회만 빠지지 말라고' 말씀 해주셨다. 난 효자(?)이기 때문에 매주 교회를 빠지지 않았고 학교공부를 하는 대신에 놀고 싶은 대로 놀았고 호기심이 떠오르는 대로 행동을 할 수 있었다. 그러다 부자가 되고 싶다는 생각을 하게 되고 그때부터 경영?경제 서적을 많이 읽게 되었다. 그때 가장 감명 있게 읽은 책은 로버트 기요사키가 쓴 〈부자아빠 가난한 아빠〉이다. 저자는 돈을 버는 네 가지 방법에 대해 말을 한다. 나는 원래부터 틀에 박히는 걸 싫어했고 남 밑에서는 절대 일 못한다는 생각을 했었는데 이 책을 읽게 되면서 난 자산소득이나 인세소득을 받는 사람이 되어야겠다는 생각을 확고하게 되었다. 책을 통해 돈 버는 길을 일찍 발견하게 된 것이다. 본인이 안정을 중요하게 생각한다면 봉급생활자나 자영업자, 전문직을 선택하라고 말하는데, 이제는 자영업자나 전문직도 안정적인 직업에서 멀어진 사회다. 자유를 원한다면 사업가나 투자자가 되라고 말을 한다. 덕분에 20대 초반에 주식도 해봤다. 주식을 하기 위해 매일 아침 경제신문도 읽었다. 이제는 주식대신 저작권비용 및 광고수입을 받는 길을 걷고 있다. 십대시절 틀을 싫어했고 다양한 분야의 사람들과 만나고 다른 친구들보다 다양한 분야의 책을 읽은 결과 나만의 길을 만들 생각을 하게 되었다. 20대 시절부터에 이 생각들이 꽃 피울 수 있었던 이유는 폭발적으로 읽었던 독서 덕분이라고 생각을 한다.

공부를 포기하고 마지막으로 대안학교를 선택했던 사촌동생 재영이가 우리 집에 놀러온 적이 있다. 대안학교에서는 적응을 잘하고 있다고 했다. 우리 집에 오기 전에 학교에서 다 같이 대만에 갔는데 사촌 동생은 대만에서 보낸 짧은 시간동안 대만의 매력에 빠져버렸다. 그 결과 대만에서 열심히 공부를 했고 거기서 시험을 쳤는데 늘 꼴등을 하던 사촌동생이 1등을 했다고 한다. 대만문화가 너무 좋고 대만에서 더 공부가 하고 싶어져서 중국어를 공부해서 대만대학교에 가는 목표가 생겼다고 한다. 이

날 12시부터 대화를 시작해서 새벽 2시 정도까지 대화를 나눴던 것 같다.

재영이에게 말해줬다. 대만이 좋아졌다고 해서 꼭 대만대학교를 가야된다는 생각을 하지 않았으면 좋겠다고 말이다. 대신 중국어는 진짜 열심히 공부했으며 좋겠다고 말했다. 영어보다 더 많이 사용되는 언어가 중국어다. 왜냐하면 절대적인 인구수가 뒷받침되기 때문이다. 중국인구 뿐만 아니라 대만, 홍콩, 마카오, 그리고 전 세계에 있는 화교들까지 치면 세계 인구의 1/4 이상이 중국어를 사용한다. 그러니 중국어를 공부해두면 좋다. 그런데 한 달 정도 대만에 갔다 와서 대만 문화가 좋다고 하는 건 무리일 수가 있니 대신 한국에서 대만과 관련된 영화, 책, 영상들을 많이 찾아보라고 했다. 그리고 대학을 가지 않아도 되는 공부를 하고 싶을 수도 있으니 대학을 하나의 옵션으로 봐야지 전부로 보지 말아야 한다. 그전에 내가 어떤 부분을 좋아하는지 찾아서 그걸 대만과 접목시켜야 한다. 이걸 찾는 방법은 중국어와 대만문화를 제대로 공부를 해서 대학 4년을 선택하는 것보다 2년 동안 배낭 하나를 메고 대만 곳곳을 여행하는 것이 대만을 제대로 알 수 있는 길이고 더 전문성이 생기는 길이라고 생각을 한다. 사촌동생이 어떤 재능을 갖고 있는지 어떤 부분에 호기심을 갖고 있는지 나는 모른다. 그걸 가장 잘 아는 사람은 사촌동생 밖에 없다. 아직 사촌동생도 잘 모를 것이다. 경험을 통해서만 찾을 수 있다. 그걸 스스로 찾기 위해 노력을 해봤으면 좋겠다.

요즘 한국에 대만 음식뿐만 아니라 디저트의 인기도 좋다. 대만의 여러 가지 음식과 디저트들이 끊임없이 소개되고 유행하는 이 시점에 유행에 따라 장사를 하는 것이 아니라 아직 발견되지 않은 음식들이 있다면 사촌동생이 직접 먹어 보고 한국에서 장사를 하는 것도 한 가지 방법임을 알려줬다. 내가 장사로 소개를 해준 이유는 사촌동생의 엄마가 장사를 한 적이 있기 때문이다. 와 닿을 수 있는 이야기를 해주고 싶었다. 사촌동생은 처음으로 나를 대단한 눈으로 바라보았고 내 이야기가 재미있다며 이런 이야기는 처음 들어 본다고 했다. 내가 왜 이런 이야기들을 할 수 있었을까? 내가 원래 가진 생각이기도 하지만 내가 읽었던 책들의 주인공들이 이 이야기가 틀리지 않았음을 증명해줬다. 나 또한 그들의 이야기를 통해 용기를 갖고 나의 생각들이 틀리지 않았음을 확신했고 그것들을 삶으로 실천한 결과 이런 이야기를 해줄 수 있게 되었다. 이 이야기를 우리 사촌동생 뿐만 아니라 다른 십대들과 학부모님들에게 전해주고 싶다. 다양성을 확보하고 다양성 속에서 선택을 해야지 제대로 된 선택을 할 수 있다.

책에는 답이 있다고 말한다. 그렇다면 내 책에도 답이 있을 것이다. 난 모든 사람을 만날 수 없으니 내 책을 통해 많은 사람들에게 희망을 선물해주고 싶다. 우리 사촌동생뿐만 아니라 우리의 십대들이 틀에 박힌 삶이 아닌 자신의 재능을 스스로 발견하고 책과 수많은 여행을 통해 살아가는 공부를 했으면 한다.

사촌동생에게 부탁한다. 거실에 보이는 책꽂이는 내가 책을 사서 읽고 넣을 곳이 없어져서 지금의 규모가 되었고 내 꿈의 규모도 읽은 책의 규모만큼 커졌으니 너도 책을 통해 꿈을 꼭 이뤘으면 해! 근처에 서점이 없는 동네는 없으니 책 살돈이 없다면 서점에서라도 책을 읽고 꿈을 포기하지 않고 끝까지 도전하며 이뤘으면 한다.

〈SKY캐슬〉의 노승혜의 대사를 통해 이번에는 학부모님들에게 부탁한다. "내 꿈을 다 포기하고 살아왔는데 내 인생이 빈껍

데기 같아요. 이렇게 허무할 수가 없어요. 열세 살 그 어린 것을 떼어놓고 성적 잘 나온다고 좋아만 했어요." 각자 자신의 꿈을 꾸며 살아가길.

03

수업시간 전 10분,
독서의 힘

한국뿐만 아니라 중국, 동남아시아도 사교육의
열기가 보통이 아니다. 한국드라마의 영향일까? 십대들의 자유
시간은 박탈당한 채 집, 학교, 학원, 집의 생활만 반복된다. 돌파
구는 없을까? 돌파구는 있다. 그러니 포기하지 말고 돌파구를
찾기 위해 노력해야 한다. 어떻게 해서든 자신만의 시간을 확보
하기 위한 노력을 포기하지 말자. 수업시간 전 10분이라도 말이
다. 이렇게 확보한 시간에 자신이 읽고 싶은 책을 읽었으면 한
다. 이 시간이 당신의 삶을 변화시킬 것이다. 이렇게 짧은 시간
읽는다고 효과가 있을까라는 생각을 할 수도 있을 것이다.

그런데 고작 10분 독서를 실천하는 나라가 있다. 먼 나라 이

웃나라 일본이다. 일본 2만 5천여 학교에서 아침독서를 실천하고 있다고 한다. 일본 2만 5천여 학교에서는 왜 아침독서를 실천할까? 효과가 있으니까 실천을 하는 것이다. 매일 아침 학교에 등교하자마자 책읽기에 빠져드는 학생과 교사가 크게 늘어나면서 일본 전국의 아침에 긍정적인 에너지를 불어넣고 있다. 일본 전역의 초중고 4만여 개 학교 가운데 절반이상 되는 학교가 아침독서에 참가하고 있다. 일본 전국으로 따지면 약 780만 명의 학생이 아침 맑은 정신에 책 읽기에 동참하고 있는 것이다.

일본의 아침 독서는 매일 아침 각 급 학교에서 수업 시작 전 10분 간, 학생과 선생님 각자가 읽고 싶은 책을 읽는 활동이다. 독서 감상문을 쓰거나 독서 목록을 기록할 필요도 없다. 경쟁과 평가에서 벗어나 순수한 독서활동이다. 지난 98년 처음 실시된 '아침 독서'는 '모두 참여한다, 매일 한다, 각자 좋아하는 책을 읽는다, 그냥 읽는다'는 간단한 4원칙만 지키면 된다.

모두가 참여하는 이유는 학급 전원이 동시에 읽게 되면서 혼자서는 읽지 않던 아이도 분위기로 인해 자연스럽게 책을 잡게 되었다. 그리고 아이들이 자유롭게 책을 읽을 수 있도록 선생님들은 학생들을 감시하면 안 된다. 교사와 전 교직원이 동시에 실시해야 효과가 더 크다. 선생님은 시키는 사람이 아닌 함께 실천하는 사람이 되어주는 것이다. 한국 학교에서 아침독서를 실천하지 않는다고 좌절할 필요 없다. 학생들은 학교가기 전, 학부님들은 출근 전 가정에서 함께 아침독서를 실천 길 바란다.

매일 실천하는 이유는 10분 정도의 짧은 시간만 있어도 아이들의 집중력이 지속되기 때문에 학생들의 읽는 힘은 커진다. 고작 10분 책읽기를 통해 독서가 몸에 익숙하게 할 수 있다. 몸에 익숙해지면 어떻게 될까? 10분이 11분이 되고 11분이 20분이 되고 어느 순간에는 1시간 이상 독서를 하는 사람이 될 것이다. 고작 십 분이라고 하지 않는다면 결국에는 습관으로 만들 수가 없다. 〈습관의 재발견〉을 쓴 스티브 기즈는 팔굽혀펴기 하나로 인생이 변화되었다. 운동 한 시간 하는 것은 힘들다. 운동복을 갈아입고 신발을 신기까지 마음먹기가 쉽지 않다. 왜냐하면 사람은 게으르기 때문이다. 그런데 어느 날 '팔굽혀펴기 한 개만 해볼까' 라는 생각을 하고 되고 그 생각을 실천하는 순간 인생이 달라졌다. 하나만 하려고 했던 팔굽혀펴기가 하나로 끝나지 않았기 때문이다. 스티브 기즈는 이때 깨달았다. '한 개만 하면 운동을 한 시간을 할 수 있게 되는구나!' 그렇다. 아무리 게으른 사람이라도 한 개는 할 수 있다. 그런데 정말 멍청한 사람이 아니라면 한 개만 하고 끝내는 사람은 없다. 이때부터 스티브 기즈는 팔굽혀펴기 한 개를 목표로 잡았다고 한다. 그리고 그는 말한다. 팔굽혀펴기 10분을 할 수 있게 되더라도 '절대로 목표를 올리지 마라' 고 말이다. 목표를 10분으로 올렸다고 생각을 해보자. 10분으로 올리는 순간 '아 오늘 10분해야 되는데, 아……' 라는 생각을 하게 되고 결국 귀찮다는 생각에 운동을 포기하게 되니 말이다. 아무리 힘든 날이라도, 아무리 시간이 없어도 1개는 할 수 있다. 스티브 기즈가 말하는 것처럼 "작게, 사소하게, 가볍게 시작해야 한다." 그러니 독서 10분의 위력은 무시할 수 없을 것이다. 10분이 어렵다면 ' 1줄만 읽자 '고 목표를 세우길 바란다. 일본에서 10분이라도 독서를 시키려고 하는 이유는 독서가 학생들이 성장하는데 없어서는 안 될 영양소라고 생각을 하기 때문이다. 요즘 아이들은 몸에 필요한 영양소는 넘쳐나지만, 마음에 필요한 영양소는 크게 결핍 돼 있기 때문이다 아침 10분이란 시간은 책을 읽을 수 없는 아이에게 책을 읽을 수 있는 힘을 기를 수 있도록 도와준다. 사람의 능력을 키우는 방법은 간단하다. 10시간을 한 번에 하는 것보다 꾸준하게 매일 10분씩 끈기 있게

60번 하는 것이다.

각자 좋아하는 책을 읽는 이유는 책이면 뭐든지 좋기 때문이다. 학생들 스스로가 자신을 응시하고 자신을 발견하고 자신의 숨겨진 능력과 가능성을 찾기 바라는 마음이 담겨있다. 학생 각자가 느끼는 흥미와 관심 분야가 다르기 때문에 책의 선택권은 본인이 해야 한다. 또한 능력과 이해력에도 차이가 난다. 자신이 배우고 싶은 것, 필요하다고 생각하는 것을 각자 하는 것이 중요하다. 책도 자신이 읽고 싶은 책을 골라 있는 것이다. 여기서부터 교육이 시작되는 것이다.

마지막으로 그냥 읽는 이유는 책을 읽는 것 이외에 아무것도 바라지 않기 때문이다. 독서는 책 읽기가 핵심인데 부수적인 평가인 확인절차로 인해 책 읽기가 싫어진다. 그냥 읽으면 된다. 독서는 평가나 기억하기 위해서 읽는 것이 아니다. 이런 것들은 자연적으로 습득이 되는 것이지 확인절차를 거친다고 해서 기억되는 것이 아니다. 순간적으로 기억에 남을 뿐이다. 책을 읽는 그 순간, 생생하고 충만감이 느껴지고 책에 몰입되는 그 시간만이 중요할 뿐이다. 현대사회는 늘 뭔가 목적의식을 요구한다. 그렇다보니 지금 하고 있는 일 자체의 즐거움을 느낄 기회를 박탈당하고 있다. 독서하는 단 10분의 시간이라도 아이들에게 자유감과 해방감을 느끼게 해줘야 한다.

고교 담임 시절 '아침 독서'를 일본에서 최초로 실시했고, 현재는 '아침 독서' 추진위원회 이사장을 맡고 있는 오쓰카 에미코씨는 "예전에는 TV도 없고, 오락거리는 라디오나 책 정도가 전부인 시절이 있었습니다. 하지만 요즘 아이들은 태어나서부터 TV, 게임기, 컴퓨터, 휴대전화가 있으니 도무지 책을 읽을 시간이 없습니다. 아예 집안에 이렇다 할 책이 없는 가정도 있습니다. 이런 세태에서 어떻게 하면 아이들이 책을 접할 수 기회를 만들 수 있을까요. 이런 와중에 아침 독서는 아이들에게 10분간 읽고 싶은 책을 마음대로 읽게 합니다. 이 얼마나 자유로운 접근법인가요. 극단적인 사례지만 일부 선생님 가운데는 '나는 책을 읽지 않고 이제까지 살아 왔고, 앞으로도 읽을 필요가 없다'는 분도 있습니다. 그러나 이런 사람은 아주 운이 좋아 선생님이 됐을 뿐이지, 지금 시대에는 이런 사람은 살아갈 수 없는 세상입니다." 이제는 정말 독서를 하지 않으면 살아가기 힘든 세상이 되었다. 가정에서 10분이 아니라 5분이라도 가족이 함께 독서를 시작하자.

오쓰카 이사장은 '아침 독서' 4대 원칙에도 조심해야 할 점은 있다고 한다. 일부 학교에서는 읽는 책의 목록을 기록해 집계하는 사례가 있는데 책은 숫자와 분량으로 따지는 것이 아니라고 지적한다. '아침 독서'의 기본은 '그 아이에 딱 맞는 것이어야 한다'는 것이다. 책의 권수를 따지기 시작하면 우수한 일부 학생들에게 좋겠지만, 전체로 봐서는 전혀 도움이 되지 않는다. 오히려 '아침 독서'로 인해 질투와 갈등을 만들어 낸다. 결국 또 등수가 매겨지게 된다.

아침 독서 때 사용하는 책을 고르는 것 또한 따로 지도해서는 안 된다. 그냥 읽고 싶은 책을 학급 문고에 넣어 놓고 꺼내 읽으면 된다. 그런데 아침 독서의 원칙이 '선생님도 학생도 좋아하는 책을 그냥 읽을 뿐'이라고 돼 있기 때문인지 일부 교사 가운데는 독서시간에 떠드는 아이, 책을 읽지 않는 아이에 대해 아무런 지도를 하지 않는 경우도 있다. 그러나 오쓰카 이사장에 따르면 지도는 꼭 필요하다고 한다. 예를 들어 집에서 책을 챙겨오지 않거나, 책을 읽지 않는 데는 학생 나름의 이유가 있기 때문이다. 그 가운데는 단순히 선생님의 관심을 끌기 위해 책을 읽지 않는 아이가 있을 수도 있다. 책을 읽지 않는 데도 각각의 이유가 있기 때문에 그에 따른 지도를 해줘야 한다. 지도를 계기로 학생과 교사가 대화를 나누게 되고 좀 더 서로를 잘 알 수 있게 되는 좋은 효과도 있다. 선생님들은 결코 '평론가'가 돼서는 안 되며, 학생 한 사람 한 사람을 알기 위해 노력하는 '실천가'가 돼야 한다는 게 오쓰카 이사장의 소신이다.

　십대와 십대를 둔 부모가 가정에서 오쓰카 이사장의 4대 원칙을 기억하고 실천한다면 당신의 집도 명문가가 될 것이다. 자녀에게 일방적으로 시키는 평론가가 되지 말고 실천가가 되자. 함께 노력하는 가정만이 꿈을 이루는 행복한 가정이 될 수 있다. 그 기적의 시작은 10분 독서에서 온다.

04

일본 초등학교에서
1권의 책으로 3년 수업을 하다

틀에 박힌 학교에도 혁신이 일어나고 있다. 안타깝게도 우리나라는 아니다. 혁신을 시도하는 곳은 핀란드이다. 핀란드는 2020년까지 교과 중심 수업 틀을 버리고 의사소통능력, 창의력, 비판적 사고력, 협업능력을 키우는 방식으로 수업을 재편할 것이라고 밝혀 전 세계의 이목이 집중되고 있다. 이처럼 교육의 근본부터 다시 세우려는 시도가 곳곳에서 일어나고 있지만, 우리나라 교육은 여전히 과거 산업화 시대에나 필요했던 진학 중심의 성적 줄 세우기식 교육에서 여전히 벗어나지 못하고 있다.

무서운 사실은 지금 십대들이 성인이 되었을 때 지금은 존재하지 않는 새로운 직업에 종사할 비율이 65%가 될 것이라는 연구 결과가 나왔다. 이런 급격한 변화 속에서 아이들이 살아남기 위해서는 무엇보다 교육의 대변화가 필요하다. 생각을 해봐라. 12년 동안 산업화 시대에나 필요했던 교육을 계속 받은 결과 그 교육에 익숙해져서 다른 것들을 받아들이기 힘든 틀이 생길 것이다. 새로운 직업을 왜 하는지도 모르고 기계처럼 일하고 있는 미래의 모습이 무섭지 않은가? 스티브 잡스는 살아생전에 그 일을 왜 하고 있는지 이유도 모른 채 하고 있는 사람들을 보며 신기해했다.

안타까운 것은 여전히 교육제도는 변할 생각이 없다. 그렇다고 교육제도를 원망하고 국가를 원망할 것인가! 원망한다고 달라질 것은 없다. 교육제도가 바뀌지 않는다면 내가 교육제도에서 벗어나 스스로 학습을 할 수 있으면 된다. 혼자서 하기 힘들다면 비슷한 생각을 하고 있는 가정들을 찾아보길 바란다. 주변에 인터넷에 글을 써봐라. 비슷한 생각을 가진 사람들로부터 연락이 올 것이다. 그들과 네트워크를 형성하면 된다. 아이들은 정보력도 부족하고 의지도 부족하다. 그러니 가정이 먼저 바뀌어야 변화한다. 학교는 우리가 바꿀 수 없다. 그러니 제발 이 책을 읽고 십대들과 학부모님들이 스스로 변화하길 바란다. 그런데 주입식교육인 진학 중심의 교육을 포기하는 것이 쉽지가 않다. 버려야 하는 줄 알면서도 나만 버리고 모두가 다 선택할까봐 버리지 못하는 지금의 교육시스템. 그러니 교과서를 버리는 것은 엄두도 못 낸다. 그런데 일본의 작은 시골학교에서 국어교과서를 가감하게 버린 사건이 있었다. 이 사례를 통해 우리 교육이 나아갈 방향이 무엇인지 생각해보길 바란다.

이 사례의 주인공은 일본의 나다중고등학교 국어교사였던 하시모토 디케시 선생님이다. 나다중고교는 사립학교로 6년 동안 한 교과를 교사 한 명에게 배운다. 하시모토 디케시 선생님은 30년 동안 5개 학년 1,000여 명에게 국어를 가르쳤다. 나다학교에 입학한 중학생들은 하시모토 디케시 선생님을 만나면 교과서를 버린다. 교과서 대신 3년 동안 〈은수저〉라는 소설책 한 권으로 수업을 받는다. 하시모토 선생님이 왜 이런 수업을 하게 되었을까?

"평소처럼 설렁설렁 읽으면 아무것도 남지 않아요. 혹시 중학교 국어 시간에 무엇을 읽었는지 기억하나요? 교사가 됐을 때

나는 그렇게 자문해 보고 깜짝 놀랐어요. 아무것도 기억나지 않았어요. 선생님과 가깝게 지내기는 했지만 수업 자체에 대한 인상은 제로에 가까웠지요." 교사가 될 정도면 공부를 정말 열심히 했을 것이다. 공부를 열심히 해도 하나도 기억 못 하는데 일반 학생들을 어떻겠는가. 나도 중학교 국어시간 때 배웠던 내용을 하나도 기억하지 못한다. 하시모토 디케시 선생님께서 소설책 〈은수저〉 한 권으로 수업을 하게 된 결정적인 계기는 "나 역시 그다지 기억에 남지 않을 수업을 할 거라고 생각하니 몹시 괴로웠습니다. 학생의 기억에 오래 남게 가르칠 수는 없을까, 아이들의 인생에 피가 되고 살이 될 교재로 가르치고 싶다, 그렇게 생각했지요." 교사라면 이런 생각을 가져야 된다고 생각한다. 나의 욕심일까? 그런데 나는 교사뿐만 아니라 모든 직업에서 이런 생각을 해야 한다고 생각을 한다. 내가 하는 일에 사명감을 갖고 임하는 자세 말이다. 내가 하는 일을 사랑하고 자부심을 갖고 있다면 돈이나 권력에 쉽게 좌지우지 되지 않을 것이다. 이런 생각은 내가 진정 사랑하는 일을 할 때만 가능하다.

하시모토 디케시 선생님은 〈은수저〉의 주인공이 겪는 경험을 학생들에게 똑같이 경험을 할 수 있도록 함으로써 일본의 1900

년대 초반의 문화를 이해할 수 있도록 가르쳤다. 하시모토 디케시 선생님은 "'노는 게 곧 배우는 것'이란 원칙 아래 학생들의 지식 폭을 넓히고 독서에 대한 관심을 불러일으킬 수 있도록 책, 한 권이라도 '느리고 깊게' 읽을 수 있는 '슬로리딩 학습법'을 창시해서 가르친 것이다. 소설 〈은수저〉의 주인공은 우리나라 중학교 1학년 보다 1~2살 어린 학생으로, 우리나라 중학생들이 충분히 정서적으로 공감을 할 수 있는 나이다.

예를 들어 은수저 전편 13장엔 '막과자'란 주전부리가 등장한다. 슬로리딩을 할 때 막과자 관련 자료를 다양하게 조사하고 실제로 구해서 먹어보며 작품 속에 막과자가 등장한 배경을 다 함께 생각해보는 것이다. 또 은수저는 전편 53장, 후편 22장으로 구성돼 있지만 제목은 따로 붙어 있지 않다. 이 점을 활용해서 학생들과 '각 장의 제목 달아보기' 활동을 진행하기도 했다. 그리고 소설에서 아이가 연을 날리는 일화가 나오면 하시모토 디케시 선생님은 소설책은 당분간 덮어놓고 미술 선생님과 함께 아이들 각자가 연을 만들도록 하고, 며칠에 걸쳐서 만들어진 연을 가지고 직접 야외로 나가서 연을 날리는 데까지 성공한 뒤에 다음 내용을 읽었다. 암기가 필요한 단원을 가르칠 때에는 학생들이 지루해하지 않도록 '재미' 있게 가르치려고 노력했다. 하시모토 디케시 선생님 말에 따르면 은수저 본문 중에 주인공이 일본 시 100개를 암기하는 '카드 대회 에피소드' 가 나온다. 그는 암기를 놀이와 접목하기 위해 이 부분을 활용했다. "책 속 내용을 재현해보자"며 학생들에게 시를 암송시킨 것이다.

그는 슬로리딩 학습법이 거둔 성과에 대해 "스스로 공부하는 즐거움을 깨달은 학생이 다방면에서 자발성을 발휘한 덕분"이라고 말했다. "학습을 놀이로 인식하다 보면 공부도 '좋아서' 하게 됩니다. 내켜서 하는 공부는 의욕을 불러일으키죠. 그런 태도는 학습뿐 아니라 생활 전반에 걸쳐 영향을 끼칩니다." 그 결과가 성적은 자연스럽게 '향상' 으로 나타나는 것이다.

학생들이 직접 느낀 만족도는 어떻게 될까? 은수저를 활용한 하시모토 디케시 선생님의 첫 수업(1951) 당시 '국어과목을 좋아한다' 고 응답한 학생의 비율은 고작 5%에 불과했다. 하지만 이 수치는 슬로리딩을 실천하고 불과 1년 만에 95%로 '수직 상승' 했다. 나다학교는 1962년 '일본 내 교토대 합격자 최다 배출 고교' 에 올랐다. 1968년엔 일본 사립고 중 최초로 '도쿄대 합격자 수 1위 학교'가 됐다. 대학이 중요한 것이 아니다. 그의 수업철학 중의 하나는 '부모 뜻 강요 말고 아이 삶 존중해서 수업을 해야 한다는 것이다. 아이의 인격을 존중해준 결과 그의 제자들인 하마다 준이치 도쿄대학교 총장, 야마사키 도시미스 최고재판소 사무총장, 소설가 엔도 슈사쿠는 일본 사회에서 존경 받는 대표적 명사(名士)가 되었다.

그렇다면 이 교육 방법이 국내에는 가능할까? 슬로리딩 학습법에 관심이 있는 사람들에게 '국내 적용 가능성'을 물으면 대부분 불가능하다고 말한다. 오로지 입시 위주로만 진행되는 우리나라 교육 시스템에서 중학교 국어 시간에 교과서를 버리고 단 한권의 책으로 수업을 하는 방법이 실현 불가능하다는 것이다. 하시모토 디케시 선생님도 이에 동의한다. "일본 역시 한국 못지않게 공교육에서 입시 비중이 높습니다. 당연히 제 교육 방식이 일본 내 모든 학교로 확산되긴 어렵죠." 그렇다면 어떻게 슬로리딩 교육 방법으로 학생들을 가르칠 수 있었을까? 슬로리딩 교육을 실행할 수 있었던 건 나다학교의 자유로운 교육 철학 덕분이다. 나다학교 교사는 누구나 자신만의 독창적 교육법으로 학생을 가르칠 수 있었다고 한다. 어느 누구도 가르치는 사람의 고유한 교육법에 간섭하지 않았다. 실제로 그가 '은수저 수업' 을 진행했던 3년 동안 학부모나 학생, 동료 교사의 반대가 단 한 번도 없었다고 한다.

'무한 자유'는 '무한 책임'을 수반하게 마련이다. 하시모토 디케시 선생님 역시 자신이 원하는 커리큘럼의 효과를 극대화하기 위해 매일 새벽 두세 시까지 머리를 싸매고 수업 안을 만들었다고 한다. 그런 노력들이 모여 수업의 질을 높였다고 생각한다. 하시모토 디케시 선생님께서 한국 학부모에게 건네는 조언은 '자녀를 존중하라'는 것이다. "부모의 일방적 의지로 아이에게 삶의 방향을 강요하지 마세요. 아이 역시 온전한 하나의 인격체란 사실을 인정해야 합니다. 자녀를 친구처럼 존중하며 즐겁게 지내다 보면 아이는 부모에게 보답이라도 하듯 한 걸음씩 성장해나갈 겁니다."

이 글을 쓰고 있을 때 카페 옆자리에서 대화를 나누던 사람들의 이야기가 내 귀에 들어왔다. 자신의 자녀 친구 중에 공부를 잘 하는 친구한테 물어봤다고 한다. "넌 왜 이렇게 공부를 잘 해?" 그 질문에 학생이 '뭐가 되고 싶어 서요!' 라고 말을 할 줄 알았다고 한다. 그런데 그 학생의 대답은 "엄마한테 잔소리 듣고 싶지 않아 서요" 나또한 내가 말하는 방식대로 공부를 시키고 독서를 해야 한다고 설득시키고 싶지 않다. 아이들이 내가 말하는 방식도 들어보고 자신의 주관으로 선택할 수 있었으면 하는 마음뿐이다.

05

우보천리 독서법

　　우리나라는 '빨리빨리' 선진국이다. 경제도 장기적인 관점으로 바라보는 것이 아니라 당장의 성장만이 중요하다. 그러니 학교성적도 단기간에 올라야 한다. 족집게 과외 선생님께서 문제를 집어줘서 학생의 성적이 올랐다고 치자. 과연 이 성적은 족집게 과외 선생님의 실력일까, 수업을 받았던 학생의 실력일까? 내 생각에는 그냥 성적만 올릴 수 있다면 그 누구의 실력이든 상관이 없는 것 같다.

　　독서도 마찬가지다. 대한민국에는 속독열풍이 불고 있다. 빨리 많이 읽을 수 있는 능력을 갖는 것은 그런 능력을 갖지 못하는 것보다는 확실히 좋을 건 인정한다. 본인이 천천히 읽고 싶을 때는 천천히 읽으면 되고 빨리 읽고 싶으면 속독을 하면 되기 때문이다. 그런데 빨리 읽고 많이 기억하기 위해서만 독서를 한다면 무슨 소용이 있을까? 이건 우리보다 AI가 더 잘 할 텐데 말이다. 난 책에 따라 우리가 책을 읽는 방법을 달리해야 한다고 생각한다.

일반적으로 만화책이나 판타지소설은 책에 빠져들기 때문에 빨리 읽어질 것이다. 또한 빨리 읽고 나서 다음 이야기를 읽는 것이 중요할 것이다. 그런데 인문고전이나 역사책은 빨리 읽기보다는 그때 상황을 생각하며 철학적 사고로 읽어야 된다고 생각한다. 손자병법이나 군자론 이런 책을 보면 30분 만에 다 읽을 수가 있다. 다 읽고 나면 '이게 무슨 인문고전이야?', '이게 무슨 고전철학이야?' 라는 생각이 들 수도 있다. 그런데 천천히 곱씹으면서 그때의 시대적 상황과 저자가 그 당시에 그런 말을 했다는 것에 대한 놀라움, 저런 말들이 나올 수밖에 없었던 시대적 정황을 파악하고 읽는다면 그 상황들을 현시대에 적용할 수 있는 능력이 생길 것이다.

'우보천리' 라는 말이 있다. 우보천리란 '소의 걸음으로 천리를 간다' 는 말이다. 소는 느리지만 포기하지 않는 습성을 갖고 있기 때문에 결국에는 천리를 갈 수 있다는 말이다. 그런데 내 생각에는 소가 걷기만 하는 것은 아니다. 상황에 따라서는 뛰기도 한다. 소가 뛰는 속도는 사람보다 빠르다. 빨리 읽는 것, 천천히 읽는 것은 책에 맞게 판단하고 우보천리의 마음으로 우직하게 책을 읽었으면 한다.

당장의 성장이 눈에 보이지 않을 것이다. 그렇기에 '이거 해봤자 되겠어?' 라는 생각이 들 것이다. 바보처럼 1년 동안 책을 읽었는데 아무런 변화가 없다면 완전 개고생일 것이다. 맞다. 난 1,000권을 읽는다고 무조건 바로 인생이 변하지 않는다고 생각한다. 중학교 친구 중에 하루에 1권 이상을 읽는 친구가 있었다. 그런데 정말 읽기만 했다. 그 친구가 읽었던 책은 판타지 소설이 대부분이었다. 이 친구는 단 한 번도 국어공부를 하지 않았지만 하도 책을 많이 읽다보니 국어시험을 치면 100점 아니면 97점을 받았다. 책을 읽는 목적은 오직 하나였다. 자신의 재미를 위해서만 읽었다. 그 결과 아무런 변화가 일어나지 않았다. 아직까지는 말이다. 그런데 난 이 친구가 글을 쓰기 시작하거나 영화시나리오를 쓰게 된다면 엄청난 글을 쓸 수 있을 것이라고 생각을 한다.

쓸데없는 책은 없다고 생각한다. 그리고 쓸데없이 많은 책을 읽어서 시간을 낭비했다는 생각도 잘못된 생각이라고 생각한다. 단지 읽었던 내용을 어떻게 활용할 수 있을지 스스로 생각을 오래 하지 않기 때문에 쓸데없이 느껴지는 것이다. 우리나라 교육을 살펴보면 지식을 활용하는 법을 알려주지 않는다. 누군가가 이 친구 머릿속에 있는 무한한 상상력을 건드린다면 해리포터를 능가하는 판타지가 나올 수 있다고 생각한다.

고등학교 친구 중에 한 명도 책을 정말 많이 읽었다. 이 친구는 아직도 책을 많이 읽는다. 이 친구는 역사를 좋아했었는데 학교 역사 선생님보다 역사를 더 잘 알고 있었다. 선생님은 단지 가르치기 위해 교과서에 나오는 부분만 알고 있었지만 이 친구는 정말 다양한 관점과 다양한 이야기의 역사를 알고 있었다. 그런데 이 친구는 신기하게 책을 많이 읽었지만 학교성적은 좋지 않았다. 심지어 국어성적도 좋지 않았다. 이 친구는 책만 많이 읽는 것이 아니라 학교 공부도 열심히 했는데 말이다. 난 이 친구를 생각하면 '김득신'이 떠오른다. 김득신은 조선시대 최고의 독서광이다. 김득신은 재주가 뛰어난 사람은 아니었다. 그의 자질을 알아본 사람들은 글공부를 포기하라고 권고하기도 했다. 그러나 40여 년간 꾸준히 읽고 시를 공부한 끝에 그는 말년에 '당대 최고의 시인'으로 불렸다. 그가 스스로 지은 묘지명에서 이렇게 기록되어있다. "재주가 남만 못하다고 스스로 한계를 짓지 말라. 나보다 노둔한 사람도 없겠지마는 결국에는 이룸이 있었다. 모든 것은 힘쓰는 데 달려 있을 따름이다."

부친이 감사를 역임할 정도로 명문 가문 출신이었다. 그런데 김득신은 머리가 나빴다. 그래서 그는 유명 작품들을 반복하며 읽으며 외웠다. 그는 1634년부터 1670년 사이에 1만 번 이상 읽은 옛글 36편을 '고문36수 독수기(讀數記)'에 밝혔는데, 그 횟수가 상상을 초월한다.

"한유의 '획린해' '사설' 등은 1만 3천 번씩 읽었고, '악어문'은 1만 4천 번씩 읽었다. '노자전'은 2만 번, '능허대기'는 2만 5백번, '귀신장'은 1만 8천 번, '목가산기'는 2만 번, 그리고 중용의 서문과 '보망장'도 각각 2만 번씩 읽었다…."

김득신(백곡)이 가장 즐겨 읽는 글은 사기의 '백이전'이라고 한다. 그는 '독수기'에 백이전을 무려 11만 1천 번을 읽었다고 썼다. 이를 기념해 서재 이름도 '억만재'라고 지었다. 백곡은 '장자' '한서' 등도 읽었으나 읽은 횟수가 1만 번을 채우지 못해 '독수기'에는 포함시키지 않았다고 밝혔다.

이렇게 책을 많이 읽는 김득신이 타고난 둔재라는 사실을 알려주는 재미난 일화가 있다. 말을 타고 하인과 함께 어느 집을 지나다가 글 읽는 소리가 들려 말을 멈추고 한참 동안 듣더니 이렇게 말했다. " 그 글이 아주 익숙한데, 무슨 글인지 생각이 안 나는구나." 하인이 올려보며, "부학자 재적극박 어쩌고저쩌고는 나으리가 평생 맨 날 읽으신 것이니 쇤네도 알겠습니다요. 나리가 모르신단 말씀입니까?" 김득신은 이 말을 듣고 나서야 11만 1천 번 읽었던 〈백이전〉인 것을 알았다. 하인도 지겹게 들어 줄줄 외우던 백이전이다. 그에 관한 재미난 일화가 또 있다. 그가 한식날 하인과 길을 가다가 5언시 한 구절을 얻었다. 그 구절은 '마상봉한식(말 위에서 한식을 만나니)이었다. 그가 한참동안이나 대꾸를 찾지 못해 끙끙대자 하인이 이유를 물으니 대꾸를 못 찾아 그렇다고 했더니 하인 녀석이 대뜸 ' 도중속모춘 '을 외치는 것이다. 즉 ' 말위에서 한식을 만나니, 도중에 늦은 봄을 맞이하였네 '로 그럴싸한 구절이 되었다. 깜짝 놀란 김득신이 말에서 내리더니, "네 재주가 나보다 나으니, 이제부터 내가 네 말구종을 들겠다."고 말을 하니 하인 녀석이 씩 웃으며 "나리가 날마다 외우시던 당시가 아닙니까?"하였다. 김득신은 머리가 너무 나빴다. 10살에야 글을 배우기 시작하였으나 진척이 없었다. 주위에서 저런 둔재가 있느냐고 혀를 차도 그의 아버지는 오히려 "나는 저 아이가 저리 미욱하면서도 공부를 포기하지 않으니 그것이 오히려 대견스럽네. 하물며 대기만성이라 하지 않았는가?" 라고 말했다고 한다. 속도가 뭐가 중요할까? 자기 재주만 믿고 노력하지 않는 사람보다 자신의 재주가 부족하다는 것을 알기에 끝까지 포기하지 않고 자신의 부족함을 채우기 위해 노력하고 올바른 방향으로 계속 걸어가는 것이 난 더 중요하다고 생각한다. 게으른 천재들이 오히려 명성 때문에 항상 스트레스를 받는다. 사람들의 기대에 부흥하지 못할까봐 불안해하며 살아간다. 불안해하지 말고 노력하면 되는데 말이다. 아마 재능을 갖고 있는 사람들은 노력하는 모습을 보여주는 것을 부끄럽게 생각하는 것 같다. 우리가 천재라고 말했던 인물들이 지금도 유명한가? 소리 소문 없이 사라졌다. 난 이 친구가 계속 독서를 하고 자신의 방향성을 기억하고 살아간다면 김득신과 같은 인물이 될 것이라 확신한다.

만약 재주까지 있는데 책 읽는 노력까지 한다면, 대한민국의
현 위기를 해결할 수 있는 인물이 나올 것이다. 이런 사람을 '호
시우보' 라고 한다. "호랑이처럼 앞을 바라보고 소처럼 우직하게
걸어 나간다." 대한민국은 지금 '호시우보' 의 리더를 기다리고
있다. 독서를 통해 당신이 그런 리더가 되길 바란다.

어른들은 십대들에게 말한다.

"왜 이렇게 도전 정신이 없어?",

"왜 이렇게 창의력이 없어?", "왜 이렇게 실패를 두려워 해?!"

그런데 난 어른들에게 말하고 싶다.

"우리 십대들이 도전할 수 있는 시간이 없다!"

나쁜 책은 세상에 없다.
굳이 나에게 맞지 않는 교과서만 허구한 날 보지 말고,
나에게 맞는 책을 찾아 다양하게 읽어 보자.

01

유튜브를 이겨라!

　　십대들의 희망 직업 순위에 인터넷방송 진행자(유튜버)가 등장하기 시작했다. 십대들뿐만 아니라 대한민국은 현재 유튜브 열풍시대이다. 한 번도 유튜브를 보지 않은 사람이 있을 수는 있겠지만 단 한번만 유튜브를 본 사람은 없을 것이다. 요즘 대부분의 사람들이 유튜브를 보면서 시간을 보낸다. 과연 유뷰트를 얼마나 볼까? 세계에서 1분당 유튜브에 업로드 되는 영상 분량이 2015년 기준 400시간이라고 한다. 세계에서 하루에 유튜브를 시청하는 시간은 2017년 월 기준 10억 시간이라고 한다. 2017년 기준이니 시청시간이 아마 더 많이 증가했을 것이다. 세계에서 한 달에 유튜브를 보는 인구는 2018년 기준 18억 명라고 한다. 2017년 12월 기준 세계인구가 76억 명이었으니 1/4명은 유튜브를 시청하고 있는 것이다.

　한국에서도 유튜브는 네이버, 카카오톡을 압도하고 있다. 모바일 동영상 앱 사용시간 점유율을 보면 유튜브의 위력을 제대로 실감할 수 있다. 아프리카TV, 네이버TV, 비디오포털, MX플레이어, 옥수수, 기타 모든 동영상 앱을 합쳐도 14.4% 밖에 되지 않는다. 나머지 85.6%는 유튜브가 점유하고 싶다. 그 결과 십대들뿐만 아니라 모든 연령에서 인터넷방송 진행자인 유튜버를 꿈꾸는 사람들이 많아지고 있다. 젊은 층의 전유물로 여겨졌던 인터넷 콘텐츠에 최근 노인들이 문화생활을 즐기는 주체적인 모습을 보여주며 큰 호응을 얻고 있다. 노인세대를 대표하는 박막례, 조성자할머니, 국내 최초로 대가족 유튜브 채널을 시작한 공대생 변승주씨 등을 보니 유튜브는 남녀노소, 세대를 뛰어넘는 문화공간이 되었다. 나 또한 100만 구독자를 향해서 열심히 유튜버로 활동하고 있다. 〈옛날형님〉과 〈렙돈TV〉로 활동을 하고 있는데, 〈옛날형님〉은 세대 간의 갈등을 해소하기 위해 만든 채널이다. 〈옛날형님〉에서는 옛날음식ASMR, 옛날놀이, 세대 간의 갈등 인터뷰 등을 진행하고 있다. 〈렙돈TV〉 채널은 작은 재능으로 이웃들을 도울 수 있다는 것과 함께 서로를 도우며 살기 바라는 마음을 담고 있다. '작은 재능으로 우리보다 더 어려운 이웃들을 도울 수 없을까?' 라는 생각으로 동남아를 여행하면서 그들을 어떻게 도와줬는지, 우리가 왜 이런 활동들을 하고 있는지 등에 대한 이야기를 담고 있다. 다시 나갈 준비를 해서 〈두렙돈〉이름으로 다시 세계여행을 할 예정이다.

자신의 생각과 꿈을 무한대로 펼칠 수 있는 곳이 유튜브이다. 현재 대한민국에 100만 유튜버는 약 100명 정도가 있고, 10만 유튜버는 약 1,300명 정도 된다. 이제 더 이상 십대들에게 유튜브를 보지 말라는 말을 할 수 없게 되었다. 십대뿐만 아니라 전 연령이 이미 유튜브 세계에 빠졌기 때문이다. 2018년 4월 10대들이 유튜브를 사용한 총 시간은 76억 시간이라고 한다. 십대들의 마음을 뺏은 유튜버는 누가 있을까? 십대들이 좋아하는 게임인 마인크래프트와 각종 게임으로 유명해진 252만 구독자를 가진 게임유튜버 도띠, CL의 메이크업 아티스트로 알려져 있지만 그전부터 뷰티 업계에서 엄청난 영향력을 행사해오고 있는 구독자 370만 명을 가진 포니, 커버 곡 장인인 제이플라는 '셰입 오브 유(Shape of you) 커버 영상으로 만 1억 2657만 회 이상 재생되었다. 그밖에도 골목식당으로 유명한 백종원씨도 유튜브를 시작했다. 백종원씨는 유튜브를 시작한지 3일 만에 구독자 100만 명을 돌파했다. 3일 만에 골드버튼(100만)과 실버버튼(10만)을 동시에 받게 되었다.

그밖에도 더블비, 보물섬, 대도서관, 양띵, 양팡, 악어, 보겸, 슈기, 헤이지니, 밴쯔, 허팝 등 정말 많은 유튜버들이 존재한다. 앞으로 100만 유튜버는 더 많아 질 것이다. 그로인해 유튜브 시청시간도 더 증가하게 될 것이다.

사람들이 유튜브에 열광하는 이유는 뭘까? 나는 크게 세 가지 이유가 있다고 생각한다. 그 중에서 첫 번째는 사람들에게 가장 중요한 요소인 재미가 있다는 것이다. 사람은 절대로 재미가 없는 일에 15초 이상 투자하지 않는다. 두 번째는 연예인이 아닌 평범한 사람들의 모습을 통해 동질감 및 대리만족을 느끼기 때문이다. 세 번째는 쌍방향 소통이 가능하다는 것이다. 시청자와 유튜버의 소통은 구독자를 증가시키느냐, 못 시키느냐 중요한 역할을 한다. 반면에 대중매체는 시청자가 영상에 참여하는데 한계가 있다. 시청자는 일방적으로 매체를 받아들이는 역할 밖에 못한다.

이로 인해 수많은 시청자들이 유튜브를 보다보면 '나도 유튜버를 해볼까?' 라는 생각을 하게 된다. 시청자와 영상제공자의 경계가 무너진 것이다. 유튜브의 최대 장점은 그 어떤 직업, 실험, 이야기, 음식, 여행지, 일상, 게임, 스포츠, 영화, 예능, 음악 등 어떤 분야도 담을 수 있다는 것이다. 경계가 없다. 유튜브 하나면 무한대의 꿈을 펼칠 수가 있다. 심지어 지금까지 올라온 영상만 다 시청하려고 해도 죽을 때까지 다 볼 수가 없다. 유튜브를 통해 재미를 느낄 수 있는 부분이 아직 너무 많다는 것이다. 유튜브를 통해 재미뿐만 아니라 수많은 정보와 지식을 얻을 수 있다.

이제는 전문가를 믿지 않는 시대가 왔다. 그럼 누구를 믿어야 할까? '인플루언서' 라는 말을 들어봤는가? 인플루언서는 타인에게 영향력을 끼치는 사람(Influence+er)이라는 뜻의 신조어이다. 주로 SNS 상에서 영향력이 큰 사람들을 일컫는다. 인터넷이 발전하면서 소셜 미디어의 영향력이 크게 확대되었다. 현재는 소셜 미디어를 통해 일반인들이 생산한 콘텐츠가 브랜드 측에서 게시하는 TV광고 그 이상의 영향력을 가지게 되었다. 인플루언서들이 SNS를 통해 공유하는 특정 제품 또는 특정 브랜드에 대한 의견이나 평가는 콘텐츠를 소비하는 이용자들의 인식과 구매 결정에 커다란 영향을 끼친다. 인플루언서는 각 SNS 상에서 영향력을 발휘하고 있기 때문에, SNS 채널의 종류에 따라 마케팅의 형태도 나눠진다. 가장 활발하게 사용되는 채널은 유튜브, 인스타그램, 페이스북이라 할 수 있다.

이처럼 유튜브는 급하고 바쁜 현대인들에게 즉각적인 정보를 제공해준다. 그런데 책은 반대이다. 바로 행복을 주지도 못하고 바로 뭔가를 제공해주지도 못한다. 그렇다면 이 시대에 유튜브를 이기고 독서를 한다는 것이 가능할까? 책을 읽어 라고 주장하는 것은 이제는 미친 짓일까?

유튜브를 활용하라

솔직히 나도 유튜브를 이기는 것은 이제 미친 짓이라고 생각을 한다. 그러니 나도 책을 쓰는 동시에 유튜버크리에이터로 활동을 하고 있다. 그러면 지금까지 그렇게 책이 중요하다고 강조했으면서 중요한 책은 뒤로 하고 유튜브를 시청하라고 말해야 되는 것인가? 아니다! 그래도 책을 읽어야 한다. 책을 읽지 않으면 절대 안 된다.

유튜브의 장점은 빠른 정보를 제공받을 수 있다는 장점이 있다. 반대로 책은 정보를 빠르게 제공 받을 수 없다는 단점이 있다. 왜냐하면 내가 정보를 제공 받고 싶은 부분을 찾아서 읽어야 하기 때문이다. 그렇다면 유튜브의 단점은 없을까? 반대로 책의 장점은 없을까? 유튜브의 단점은 광범위한 정보를 제공하지만 얇은 지식을 제공할 수밖에 없다는 단점이 있다. 사람들에게 빠르고 쉽게 정보를 제공해서 흥미를 유발해야하기 때문에 깊은 지식을 제공할 수가 없다. 유튜브를 통해서는 더 알고 싶어도 더 이상 정보를 획득하기 어려운 경우가 많다. 반대로 책은 최소한의 정보가 아닌 저자가 가진 최대한의 정보를 제공해야 한다. 글은 한 번 인쇄가 되고 나면 되돌릴 수가 없으니 재미보다는 최대한으로 저자가 가진 정보를 책속에 모두 쏟아 부어야 한다. 그래서 책의 장점은 깊은 지식을 습득할 수 있다는 것이다. 나는 책의 단점과 유튜브의 단점은 버리고 서로의 장점만 잘 활용해야 된다고 생각한다. 나는 이 방법이 21세기에 가장 적합한 공부법이라고 생각을 한다. 유튜브를 무조건 나쁘게만 볼 것이 아니다. 피할 수 없다면 제대로 활용할 수 있는 법을 찾아내야 한다.

유튜브를 십대들이 게임 영상과 유머영상만 보고 있으니 부모입장에서는 무조건 유튜브를 못 보게 하는 것이다. 그런데 십대들은 왜 게임영상이나 유머영상만 보고 있을까? 유튜브에는 이런 영상밖에 없을까? 난 아니라고 생각한다. 내가 생각하기엔 그들이 가진 정보 및 지식이 부족하기 때문에 유튜브를 잘 활용하지 못하고 있다고 생각을 한다. 내가 앞에서 우리나라의 직업 수가 약 11,000개라고 했었다. 11,000개의 직업을 다 알고 있으면 그 직업을 하나하나를 유튜브에 쳐봐라! 나오는 직업도 있을 것이고 안 나오는 직업도 있을 것이다. 직업이 나온다면 그 영상을 통해 그 직업 정보를 얻을 수 있을 것이다. 반대로 없다면 아직 알려지지 않은 직업들을 설명하는 유튜버가 될 수가 있다. 유튜버가 되는 게 싫다면 그 분야의 첫 번째 전문가가 되는 것도 한 가지 방법이라고 생각을 한다.

요즘 십대들이 궁금하거나 알고 싶은 게 사라진 것 같다. 왜냐고? 공부는 교과서를 봐야 하는 학교 공부밖에 없다고 생각을 하기 때문이다. 십대들이 호기심이 사라진 이유는 바로 어른들 때문이다. 어른들이 만든 공부의 틀! 어른들이 쓸데없는 생각은 나중에 커서하고 지금은 학교 공부만 열심히 하면 된다고 가르쳤기 때문이다. 그러니 유튜브 세상에서 만큼은 그냥 아무생각 하지 않고 재미있는 영상만 보고 싶은 것이다. 그들이 평소에 흥미를 가지는 부분이 있고 궁금한 것이 있다면 난 유튜브에 쳐봤으면 좋겠다. 분명히 유튜브 영상에 나올 것이다. 그 순간 내가 알지 못했던 유튜브의 세계를 발견하게 될 것이다. 이로 인해 유튜브가 학습에 얼마나 훌륭한 곳인지 알게 될 것이다. 그 영상을 보면서 흥미가 생겼다면 더 깊은 정보를 얻기 위해 책을 보는 것이다. 책을 보다가 이해가 되지 않는다면 그 부분을 구글에 다시 입력을 하면 웹사이트에서 친절하게 설명을 해줄 것이다. 검색을 통해 다른 책을 찾아보거나 영상을 찾아보자.

그러니 독서를 통해 쌓인 지식이 있고 평소에 호기심을 갖고 있어야 뭐라도 검색을 할 수 있게 되는 것이다. 췌장암 조기진단법을 개발한 소년 잭 안드라카를 아는가? 이 소년이 췌장암 조기진단법을 개발했을 때 나이는 고작 15살이었다. 이 소년은 세계최초로 췌장암 조기진단법을 개발했다. 이 소년이 개발하기 전까지 췌장암 사망률은 95%였다. 여러분이 잘 알고 있는 스티브 잡스도 췌장암으로 안타깝게 생을 마감했다. 혁신의 대명사였고, 그렇게 돈이 많았던 그도 이겨낼 수가 없었던 병이 췌장암이었다. 췌장암의 생존 확률은 고작 2%라고 한다.

잭 안드라카는 외로운 소년이었다. 또래 친구가 없는 잭 안드라카의 친구가 되어 준 동네 삼촌 한 분이 있었다. 친구처럼 지내던 삼촌이 췌장암으로 돌아가셨다. 그로 인해 슬픔에 빠진 소년 잭 안드라카는 어느 날 인터넷에 질문을 던졌다. "췌장암이 뭐지?" 췌장암의 '췌' 자도 몰랐던 아이. 의학의 전혀 관심이 없었던 아이는 인터넷으로 부터 대답을 얻게 된다.

"췌장암은 의학계에 난제 중 하나에요. 85%의 환자는 말기가 되어서야 발견이 된다고 해요. 재발 확률 또한 높죠. 그래서 췌장암은 치료가 중요한 것이 아니라 빠르게 발견하는 것이 중요했죠. 의사들은 말하죠. "좀 더 빨리 발견했더라면..." 그럼 좀 더 빨리 발견할 수 있는 방법을 찾을 생각을 해야 하지 않을까?" 하버드 대학교나 서울대 나온 의사가 아닌 미국 메릴랜드에 살던 평범한 15살 소년 잭 안드라카는 이 말을 듣고 의문을 갖게 된 것이다. '현대 의학은 이렇게 발전했는데 왜 췌장암을 발견하지 못하는 것일까?' 이해할 수 없던 잭은 인터넷을 켜고 정보를 찾기 시작했다. 그리고 충격적인 사실을 발견하게 된다. 현재 사용하고 있는 췌장암 진단법은 무려 60년 전에 개발된 오래된 기술이었고 성능 또한 좋지 않았기 때문이다. 정확도는 겨우 30%! 검사 시간은 14시간이나 걸린다. 가격 또한 너무 비쌌다.

충격적인 사실을 접한 잭은 생각을 한다. "췌장암을 진단하는 더 좋은 방법이 있지 않을까?" 잭 안드라카는 췌장암을 빠르게, 간단하게, 수술이 필요 없이, 저렴하게 진단할 수 있는 방법이

필요하다는 생각을 하게 되었다. 그는 다짐했다. '내가 더 나은 진단법을 반드시 찾아낼 것이다.'

  잭은 방학 3개월 동안 논문을 읽고 책을 찾아보고 인터넷을 검색한 결과 췌장암에 걸렸을 때 혈액에서 발견되는 8000개 이상의 단백질이 있다는 사실을 알게 되었고 8,000개 이상 되는 단백질을 일일이 확인을 했다. 그리고 드디어 메소텔린이라는 단백질을 찾아내게 되었다. 여기서 끝이 아니다. 수많은 단백질 속에 '메소텔린' 만 인식할 도구가 필요했다. 잭 안드라카는 제대로 된 질문을 인터넷에 검색을 했다. 인터넷이 아무리 정보의 홍수라고 해도 내가 필요한 정보를 찾아내지 못하면 내가 그 홍수에 빠져서 수많은 정보에 매몰될 수가 있다. 정확한 검색을 하고 난 후에 잭 안드라카는 인터넷을 활용하여 단백질 데이터베이스를 발견할 수 있었다. 찾을 수 없는 정보는 약 500편의 논문을 통해 얻을 수 있게 되었다. 그러던 어느 날, 생물시간에 몰래 읽고 있던 과학 논문에서 기적적으로 "탄소나노튜브"라는 걸 알게 되었고 '만약 탄소나노튜브에 항체를 결합할 수만 있다면?' 이 생각을 하게 된다. 핵심 정보를 찾아내게 된 것이다. 그리고 바로 행동으로 옮겼다.

시약개발을 위해 잭은 7개월 동안 3,999번의 실패, 4,000번의 도전 끝에 시약을 개발하게 된다. 나노튜브 종이로 만든 췌장암 진단 시약을 만든 것이다.

"이제 5.5% 밖에 되지 않던 췌장암 생존율을 100%로 올릴 수 있게 된 것이죠! 현재 진단법보다 168배 빠르고 2만 6천배 넘게 가격이 저렴하며 400배가 넘게 더 민감한 방법이죠. 무엇보다 췌장암 뿐만 아니라 항체를 교체하면 모든 병을 진단할 수 있다는 가능성을 발견했어요." 천재들도 못한 위대한 발견을 하게 된 잭 안드라카. 그의 이야기를 더 알고 싶다면? 〈어느 십대 혁신가가 세상을 꿈꾸는 법〉이라는 책도 냈으니 그의 책을 직접 읽어보길 바란다.

지금 당신은 컴퓨터 앞에서 무엇을 하고 있는가? 그 행동이 쌓인 모습이 당신의 미래의 모습이다. 게임만 하는 아이가 될 것인가? 아니면 숙제까지만 하는 아이가 될 것인가? 호기심을 찾길 위해 질문을 던지는 십대가 되길 바란다.

아직도 사교육을 버리지 못하겠는가? 그렇다면 사교육을 위한 Tip을 드리려고 한다. 내가 사교육비를 줄이는 Tip을 알려줬으니 그 돈으로 한 달에 한 권 이상 독서를 하는데 사용하길 바란다.

빌 게이츠를 감동시켜 일약 스타가 된 무료교육자가 있다. '살만 칸'은 잘나가던 금융맨이 었는데 돌연 사표를 낸다. 멀리 사는 사촌 동생을 위해 유튜브로 원격 수학 과외를 해주기 위함이다. 원격 수학 과외를 다른 아이들까지 시청하려고 몰려들었다. 유튜브에 올린 이유는 사촌 동생과 시간이 맞지 않아 수업을 못하게 되는 경우가 생기다보니 언제든지 볼 수 있도록 유튜브에 올린 것이다. 사촌 동생을 위한 과외 영상이 어느새 수만 명이 보게 되고 구독자 수도 수 만 명이 된다.

책임감을 느낀 살만 칸은 회사를 때려치우고 무료 교육자가 되기로 한 것이다. 수익도 없는 비영리단체였지만 인터넷만 있으면 가난한 아이들에게도 동등한 교육을 할 수 있다는 점이 그의 가슴을 뛰게 했다. 그래도 운영은 되어야하니 여러 기부단체에 도움을 청했지만 어떤 대답도 돌아오질 않았다. 그러다 빌 게이츠가 자신의 자녀들이 칸의 유튜브로 공부하는 모습을 발견하게 된다. 그때 빌 게이츠는 '교육의 미래를 봤다'면서 살만 칸에게 재단을 설립해주게 된다. 칸 아카데미를 설립한 칸은 이제 수학뿐만 아니라 유기화학, 예술, 역사 등 6,000개가 넘는 무료 강의를 제공하고 있다. 칸의 유튜브는 효율적이다. 되돌려보거나 건너뛰어도 된다. 남들보다 이해가 늦다고 해서 무시 받을 일도 없고, 학원비가 없어도 양질의 교육을 받을 수 있다.

아직도 20세기에 만들어진 일방적 교육을 받는 불쌍한 아이들에게 칸은 미래 교육의 방향성을 제시해준 것이다. 칸은 말한다. "교육은 깨끗한 공기나 물처럼 누구나 누려야 할 권리다." 정보와 경제력의 비대칭성으로 인해 있는 고액과외를 받지 못했는가? 그래서 당신이 성공하지 못했다고 생각을 한다면 그 생각조차 틀렸다. 유튜브에 검색을 한다면 당신이 원하는 모든 것을 공부할 수 있다. 살만 칸도 책을 썼다. 그의 이야기가 궁금하다면 [나는 공짜로 공부한다]를 읽어보길 바란다.

03

만화가 현실이 되는 세상

　　노래오디션 [슈퍼스타 K]를 시작으로 대한민국에 오디션 프로그램들이 유행하게 되었다. 그 결과 [K팝 스타], [스타오디션 위대한 탄생] 등 다양한 음악 오디션 프로그램들이 생겼다. 최근에는 [프로듀서 101]과 [미스트롯]이 유행하고 있다. 오디션이라고 음악만 있는 것이 아니다. 음악 오디션의 열풍은 다양한 종류의 오디션 프로그램을 이끌어냈다. 서바이벌 오디션 프로그램이지만 음악 외 다양한 장르를 바탕으로 재능을 심사하는 [코리아 갓 탤런트], 연기자 오디션 프로그램인 [기적의 오디션], 최고의 디자이너를 뽑는 [프로젝트 런웨이 코리아], 신입 아나운서를 뽑는 [신입사원] 등 정말 다양한 오디션이 생겼다.

　　요리와 관련된 오디션 프로그램인 [마스터 셰프 코리아]도 있었다. 전 국민 요리 서바이벌 [마스터 셰프 코리아2] 100인의 오디션에서 인상에 남는 참가자가 한 명 있었다. 참가자는 긴장을 했는지 말없이 요리만 했다. 긴장했다는 것은 요리하는 모습을 통해서도 느낄 수가 있었다. 그 모습을 본 강레오 셰프는 말씀 좀 하면서 요리를 해달라고 말한다. 긴장을 하며 요리를 하고 있던 사람은 36살의 최강록 참가자였다. 최강록 참가자가 '뿌리채소랑 같이 먹을 수 있는 생선찜'을 준비해왔다. 소스는 가다랑어포 국물을 뽑아서 간장이랑 맛술이랑 청주로 향을 냈다고 말했다. 이 말에 심사위원들은 감탄을 하며 어디서 요리를 배웠는지 질문을 했다. 이 질문에 강레오 셰프는 "네 그냥……."이라며 쉽게 말을 하지 못했다. 한 동안 말을 못하다가 어렵게 꺼낸 그의 대답에 심사위원들은 어이없어 한다. "만화책 보고 했습니다." 그가 본 만화책은 뭘까? 그건 바로 〈미스터 초밥 왕〉이다. 이 말에 김소희 셰프는 고개를 절레절레 흔들며 정말 한심해한다. 처음엔 초밥을 하고 싶었다고 한다. 그런데 마땅히 배울 곳이 없어서 초밥을 하지 못했다고 한다.

이 말에 김소희 셰프는 "아무리 그래도 만화책을 보고 음식을 해요? 아휴~"라며 더욱 한심해한다. 최강록참가자는 "그게 상당히 자세하게 되어있습니다.”라고 말한다. 아무리 그래도 그렇지 요리를 만화책으로 배우는 것은 너무하는 짓일까? 그의 요리 ‘콜리플라워와 뿌리채소를 곁들인 생선찜’은 마무리가 되었고 시식평가를 할 시간이 다가왔다. 과연 그 맛은 어땠을까? 요리를 시식하는 셰프들에게 최강록 셰프는 자세하게 요리를 설명한다. 다시마를 대패로 얇게 밀어냈으며, 국물에 젖으면서 부드러워지니까 조금씩 덜어 먹으라고 말이다. 시식을 하는 심사위원들의 표정을 보면 보는 사람까지 긴장을 하게 된다. ‘도대체 무슨 맛일까? 표정은 왜 여전히 날카롭지?’ 이 날 보여준 요리는 자신이 가장 잘하는 요리는 아니라고 하는 참가자. 맛을 본 심사위원들의 의견은 하나로 집결되었다. “최강록씨가 그동안 요리를 어떻게 해왔고 뭘 보고 요리를 시작했고, 어떤 호기심에서 요리하게 됐고, 사실 그렇게 궁금하지는 않아요. 그런데 맛은 환상이에요.” 정말 맛있다고 말하는 심사위원들! ‘미쳤다’와 ‘대박‘을 외치며 그냥 이거 먹고 끝내야 할 것 같다고 말을 한다. 당연히 최강록 도전자는 마스터 셰프 앞치마 대열에 합류하게 된다.

우리나라는 만화를 너무 우습게 보는 경향이 있다. 어수룩해 보이는 최강록 도전자는 마스터 셰프2에서 당당히 우승을 차지하게 된다. 만화책을 보고 요리를 해서 요리천재가 된 최강록 도전자가 본 〈미스터 초밥 왕〉은 어떤 만화책일까? 일본의 만화로 원제는 〈쇼타의 초밥〉이다. 작가는 '데라사와 다이스케'다. 초반에는 작가가 초밥에 대해 잘 모르는 상태에서 연재를 시작했었기에 기초적인 지식이 주를 이루지만, 수많은 취재와 공부를 통해 뒤로 갈수록 초밥에 대한 내용이 심오해진다. '맛의 달인'에서 다뤄진 소재도 자주 나온다. 그러니 만화책을 만화적인 부분만 담은 것이 아니라 일본에 맛있다는 초밥 집을 찾아다니며 직접 먹어보고 공부를 한 결과를 만화책에 담은 것이다. 그러니 만화책이라고 무시할 수 없다. 〈미스터 초밥 왕〉 만화책에 있던 내용을 한국 요리 오디션 프로그램 결과가 이를 증명해 준다.

일본에는 아톰을 보고 꿈을 꾼 사람도 있다. 언젠가 로켓을 만드는 자신을 상상하며 꿈을 키운 우에마쓰 쓰토무는 일본 홋카이도 탄광마을에서 태어났다. 어릴 때 꿈이 로켓을 타고 우주를 여행하는 것이라고 말을 하면 어른들이 긍정적인 반응을 해주었다고 한다. 그런데 그는 중학생이 되어서도 변함없이 로켓을 타고 우주를 여행하고 싶다는 꿈을 포기하지 않았다. 그러자 어른들은 대학진학에 신경 써서 나중에 어떤 회사에 취직할 것인지 신경 쓰라고 했다. 허황된 꿈을 여전히 포기하지 않는 그의 모습을 보며 사람들은 말했다. "어차피 안 돼!" 왜 안 되느냐는 그의 질문에 사람들은 무조건 안 된다는 말을 했다. 우에마쓰 쓰토무씨는 이 말이 이해되지 않았다고 한다. 사람들이 고작 하는 말이라고는 "너네 집 부자 아니잖아? 그건 돈이 엄청 많이 들어!"라고 말하거나 "머리가 아주 좋아야 해! 명문대는 기본 아니겠어? 적어도 도쿄대에 들어가야 하는데 네 성적으로는 안 되잖아?" 우에마쓰 쓰토무씨는 생각했다. '실현 가능한 것만 꿈인가? 라이트형제는 도쿄대를 나왔나?' 라이트형제가 비행기를 만들 때는 항공과는 존재하지도 않았다. 항공이라는 말 자체도 존재하지 않았다.

'꿈의 가능성, 나의 미래는 대체 누가 정하지?' 라는 생각을 하며 우에마쓰는 사람들이 뭐라고 하건 계속 꿈을 꿨다. 그래서 중학교 때부터는 학교공부를 제쳐두고 로켓 관련된 책만 읽기 시작했다. 학교 공부는 하지 않았기에 일본 내 공립 공업대학 중 입학 커트라인이 가장 낮은 기타미 공대에 들어가게 된다. 언제나 사람들이 그에게 '어차피 안 돼' 라는 말을 했다. 그런데 이 말은 우에마쓰를 더 성장시키고 강하게 만들었다. 그 이후 미쓰

비시 중공업에 들어가지만 곧 나왔고 아버지 회사인 우에마쓰 전기에 들어가게 된다. 우주개발을 전문적으로 하는 카무이 스페이스 웍스(CSW)를 설립하고 거기에서 본격적으로 우주개발에 도전하게 된다. 하지만 실패를 계속하게 된다. 실패를 할 때마다 원인을 분석하고 회사 사람들과 힘을 모은 결과 로켓을 만드는 데 성공하게 된다. 그리고 전 세계에 3개 밖에 없는 무중력실험 장치도 만들었다.

무중력 실험 장치를 만든 이유는 로켓을 실험하기 위해 3~5초 실험을 하는데 몇 천 만원이 드는 것이다. 그 결과 실험을 하는 사람들이 성공할 수밖에 없는 실험만 하는 모습을 보게 된다. 왜냐하면 그래야 기업이나 단체에 후원금을 받을 수 있기 때문이다. 우에마쓰 쓰토무는 '성공할 시험을 뭐하려고 해? 도전을 해봐야 새로운 결과를 얻을 수 있지! 내가 직접 만들어서 로켓을 만드는 게 꿈인 사람들에게 무료로 실험을 할 수 있도록 해주자'고 마음을 먹는다. 이제는 나사에서도 이 공장을 찾아올 정도가 되었다. 여기서 로켓 '가무이'를 만들고 3,500m 상공까지 쏘아 올리는 데 성공한 일본의 작은 시골 공장인 우에마쓰전기에 근무하는 사람들은 대학을 졸업한 사람이 거의 없다. 주유소에서 아르바이트 하던 사람, 식당에서 아르바이트하던 학생들이 모여서 우주개발을 했다. 이제는 연구기관이나 나사의 근무하는 사람들이 회사를 찾아와서 회의를 하더라도 수준에 맞지 않거나 말이 통하지 않는 경우는 없다. 오히려 우에마쓰전기회사 직원들이 더 잘 알고 있는 경우가 많다. 이에 대해 우에마쓰 쓰토무는 '그들은 몇 십 년이 넘은 회사이다. 거기는 직업이고 우리는 이제 만들어진 회사로 꿈을 실현시키는 곳이기 때문이다'고 말한다. 우에마쓰 쓰토무는 당신에게 물어본다. "너는 어떤 꿈을 꾸고 있어? 실현할 수 있어 보이지 않아도 괜찮아. 이제 너의 이야기를 들려줄래?" 넘버원이 아니어도 된다. '온리원'이면 된다. 넘버원은 너무 어렵고 부담된다. 온리원이면 충분하다. '어차피 안 돼'라는 가장 싫어한다는 우에마쓰 쓰토무씨. 변두리 공장에서 우주까지 〈가무이 로켓〉을 만든 우에마쓰 쓰토무씨를 좀 더 알고 싶다면 〈꿈이 없다고 말하는 그대에게〉 책을 읽어 보길 바란다.

04

읽었다면 실천하자

책을 읽는 이유는 다양할 것이다. 그렇다면 난 책을 왜 읽었을까? 난 성공하고 싶었고 다른 사람들처럼 살고 싶지 않았다. 나처럼 살고 싶었다. 그렇기에 성공한 사람들의 습관을 파악하고 그 습관을 '안병조'의 습관으로 만들고 싶었다. 그들의 습관을 흉내내다보면 나만의 새로운 방식이 생길 것이라고 생각을 했다. 그래서 자기계발을 보더라도 뻔 한 성공이론을 설명하는 책보다는 그 이야기를 직접 실천해서 자기만의 언어로 표현한 책을 좋아한다.

책을 읽으면서 다양한 각도로 읽기 위해서 노력했다. 작가의 시점에서 생각해보고, 독자의 입장에서도 생각을 해보고, 주인공의 입장이 되어 생각을 해보곤 했다. 그러면서 최대한 객관적이면서 비판적으로 읽기 위해서 노력했다. 저자의 생각에 동의할 때도 있지만 동의할 수 없을 때도 많았다. 동의할 수 없을 때는 항상 옆에 반대되는 내 생각을 적어놓곤 했다. 947권의 책을 읽으면서 400권 정도 블로그에 책 리뷰를 남겼고 100권 이상의 책으로 독서수업을 진행했다. 내가 읽었던 모든 책을 실천했던 것은 아니다. 그렇지만 읽고 꼭 실천해야겠다는 생각이 든 책은 무조건 실천을 했다. 난 어떤 책들을 실천했을까?

• 48분의 기적의 독서법, 김병완 작가

– 아무리 바쁜 사람도 하루 두 번 48분의 시간을 확보할 수 있다고 말하는 책이다. 내가 3년 동안 1,000권 읽기 도전을 하게 만든 책이다. 김병완 작가가 했다면 '나도 할 수 있다'라는 마음으로 도전을 시작했다. 하루 48분으로 당신의 의식과 사고를 업그레이드하라!

하루하루가 바쁜 현대인이 과연 집중적으로 책 읽을 시간을 낼 수 있을까? 이에 대한 해답으로 저자가 주장하는 것이 바로 '48분 기적의 독서법'이다. 솔직히 바쁘더라도 48분 이상을 확보해서 책을 읽어야한다. 이 책을 실천해보지 않은 사람은 이론적으로 맞는 말이라고 생각하겠지만 난 아직도 2시간 안에 책 한권을 읽지 못한다. 작가가 48분이라고 해서 도전을 했지 처음부터 하루 종일 책을 읽어야 된다고 기록해놨다면 난 도전을 하지 않았을 것이다. 그런데 난 첫 날 오전 11시쯤에 카페에서 책 읽기를 시작해서 저녁 8시 경에 책 한권을 다 읽었던 기억이 난다. 책을 안 읽던 사람이 책을 읽는다고 하루 두 번 48분 만에 책을 한 권 읽을 수 있을까? 동화책이나 시집이 아닌 이상 절대 불가능하다. 심지어 나는 고등학교 시절 만화책을 한 권 볼 때도 1시간이 걸렸다. 그래서 내가 만화책을 읽기 시작하면 친구들은 1권을 포기하고 2권부터 읽었다. 나는 3년 동안 책읽기를 도전하면서 평균 두께의 책을 단 한 번도 96분(48x2)만에 읽어본 적이 없다. 그렇지만 읽다보니 독서의 위력을 몸소 느끼게 되었다. 독서의 위대함을 알게 되었는데 96분 만에 한 권 못 읽는다고 독서를 포기할 수는 없었다. 바빠서 시간이 없다고? 하루 중 우리가 헛되이 보내는 시간을 모으면 48분이라는 시간을 충분히 확보할 수 있다. 그런데 독서를 하다보면 자투리 시간만이 아니라 좀 더 시간을 내서 독서에 몰입하고 싶어질 것이다. 자기계발의 트릭은 기억에 남을 수 있는 쉬운 이론을 제시하고 읽게 만드는데 목적이 있다. 그러니 책의 내용에 충실해서 96분만 읽는다면 절대 인생이 안 바뀐다. 실제로 김병완 작가는 3년 동안 만권 이상 읽은 걸로 안다. 하루 48분이 아닌 한 권을 읽을 수 있는 시간을 투자해서 1,000권의 책을 3년 안에 당신도 읽었으면 한다! '48분 기적의 독서법'의 내용은 정말 좋다. 이 책을 꼭 읽고 당신도 진정한 다독가가 되었으면 한다.

- 습관의 재발견, 스티븐 기즈

1월에 당신이 세웠던 올해의 목표를 기억하고 있는가? 많은 사람들이 한 해가 시작될 때마다 목표와 계획을 세운다. 이 책을 읽고 있다면 당신도 크게 다르지 않을 것이다. 새해 결심으로 빠질 수 없는 금연과 다이어트, 자기계발을 위해 한 번쯤 세워봤을 영어 공부하기, 한 달에 2권 이상 독서하기, 하루 한 시간 운동하기 등 사람들이 세우는 목표와 계획은 비슷하다. 그런데 누구는 성공하고 누구는 실패를 한다. 왜 그럴까? 당신은 전자인가 후자인가? 나는 전자의 삶에 가까운 사람이었다. 왜 우리는 늘 이런 식일까? 항상 매년 결심하고, 매년 포기하고 또 결심하고 또 포기하게 되는 것은 정말 우리의 의지가 빈약하고 변화하고 싶다는 열망이 부족해서 일까?

〈습관의 재발견〉에서는 "문제는 당신의 의지가 아니라 당신이 쓰고 있는 습관 전략이다!"라고 말한다. 이런! 나의 습관 전략이 잘 못 되었다는 것이다. 난 이 다음 부분이 이 책에서 제일 마음에 들었다. 습관을 만드는 데 21일밖에 안 걸린다느니, '가슴속에 열정만 있다면 뭐든지 할 수 있다!' 같은 기존의 습관 전략들은 모두 잘못되었다고 말한다. 습관을 만드는 데 21일 걸리는 것은 평균이다. 누군가는 360일 걸리고 누군가는 3일 걸린다. 이런 것들을 종합했으면 평균적으로 21일 걸리는 것이다. 그런데 평균에 맞게 딱 21일 만에 습관이 바뀌는 사람이 몇 명이나 되겠는가! 이 책을 읽지 않았다면 21일이 지났는데도 습관이 바뀌어있지 않은 모습을 보고 자신에게 또 실망했을 것이다. 평균 따위는 필요 없다. 그리고 가슴속에 열정만 있다면 뭐든 성공한다는 말도 미친 소리다. 방향성이 맞아야 성공할 수 있다. 내가 부산에서 노를 저어 일본을 가야한다면 동쪽 바다를 향해 노를 저어야 한다. 그런데 동쪽이 아닌 서쪽 바다를 향해 열정적으로 노를 젓는 다고해서 일본에 도착하겠는가? 중국에 도착할 뿐이다.

저자는 널리 알려져 있는 자기계발 및 습관 만들기에 관한 통념을 거부한다. 정신없이 바쁘고 피곤에 찌든 우리에게 알맞고 '무조건 실천 가능한' 전략으로 '작은 습관 프로젝트'를 제시한다. 그건 저자가 미련한 자신을 보고 깨달은 사실이다. '매일 밤 팔굽혀펴기 하나는 할 수 있지 않을까?' 이 생각을 하고 '나는 진짜 게을러 하나가 뭐야'라는 생각을 하고 도전하지 않았다면 미국 유명한 자기계발 강사가 되지 못했을 것이다. 저자는 작은 습관이 만들어 내는 변화를 경험하게 되었고 사소한 행동이 위대한 결과를 만들어 낸다는 것을 깨달았다.

나도 이 책을 읽고 하루에 팔굽혀펴기 한 개를 하기로 마음을 먹었다. 진짜 하면서도 '1개가 뭐야' 어이없다는 생각을 했었다. 하루에 한 개 하기로 마음을 먹고 시작했던 운동이 세계여행 때까지 이어졌다. 그때는 혼자가 아니었기에 팀원들과 같이 운동을 했는데 함께 하니까 동기부여가 더 잘 되었다. 세계여행을 함께 했던 십대 '이옥토'는 팔굽혀펴기를 10개도 못했다. 그래서 제일 낮은 개수를 하는 옥토에 맞춰서 운동을 계획했다. '첫 날 10개만 하고 그 다음날부터 1개씩만 증가시키자'라는 공통 목표를 세우고 운동을 시작했다. 그 결과 팔굽혀펴기 100개까지 운동을 하게 되었다. 그 다음부터는 매일 100개를 유지하면서 운동을 지속했다. 그리고 감사한 것은 난 이 책의 영향으로 〈버킷 프로젝트〉 책을 집필 할 수 있었다.

• 거절당하기 연습, 지아 장

부탁을 하면 상대방과 사이가 불편해할까 봐, 무시당할까 봐 주저하는 사람, 부탁도 안 했는데 항상 거절당하는 상황을 먼저 생각하는 사람, 누군가에서 뭔가를 부탁하기가 세상에서 제일 어려운 사람들이 있다. 〈거절당하기 연습〉의 저자 지아 장도 그런 사람 중 하나였다. 지아 장뿐만 아니라 대부분의 사람들이 그럴 것이다. 지아 장은 어쩌면 힐리스(바퀴 달린 신발)를 가장 먼저 발명한 사람이 되었을 수도 있다. 지아 장은 어릴 적부터 아이디어가 떠오를 때마다 스케치를 했는데, 한번은 운동화에 바퀴를 다는 아이디어를 삼촌에게 말한 적이 있다. 지아 장은 자신의 삼촌을 가장 존경했었다. 가장 존경하는 삼촌의 답변은 "그런 거 집어치우고 공부나 열심히 해!"였다. 낙담한 장은 아이디어 스케치북을 다시 서랍에 쑤셔 넣었다. 사업을 하는 대신 장학금을 받기 위해 하루에 수백 개의 영어단어를 외우는 일에만 전념했다. 그런데 얼마 후 실제 바퀴 달린 신발이 선풍적인 인기를 끌게 된 것이다. 그때 지아 장의 허탈감은 말로 할 수 없을 것이다. 그런데 지아 장은 왜 삼촌의 거절 한마디에 그렇게 두려워했던 것일까? 삼촌은 그저 자신의 생각을 이야기했을 뿐인데 말이다. 세상에서 거절당하는 것이 가장 두려웠던 지아 장은 어떻게 하면 거절을 당했을 때 당황하지 않고 의연하게 견뎌낼 수 있을까를 고민하기 시작했다. 그는 '100번의 거절당하기 프로젝트'를 시작해 보기로 결심했다. 거절당하기를 하면서 깨달았다고 한다. '오늘 받은 거절은 하나의 의견일 뿐, 절대 진리가 아니다' 거절을 당했을 때, 그 결과에 너무 집착하지 않았더라면 허무하게 기회를 날리는 일은 없었을 것이다.

　지아 장이 했던 거절들
　– 처음 보는 사람에게 100달러 빌리기
　– 햄버거 가게에서 햄버거 공짜로 달라 하기
　– 올림픽 모양 도넛 만들어 달라 하기
　– 비행기에서 안전 안내 방송하기
　– 애견미용실에서 머리 잘라 달라하기

나도 이 책을 보고 나도 도전을 해보기로 했다. 내가 도전한 곳은 '배스킨라빈스' 였다. 배스킨라빈스는 31가지의 아이스크림 있다.(모든 매장에 31가지 아이스크림이 다 있는 건 아니다) 배스킨라빈스의 아이스크림이 31가지인 이유를 아는가? 한 달이 31일이니까 31일 동안 매일 다른 아이스크림을 골라먹는 재미를 느끼라는 것이다. 그런데 한 달 내내 배스킨라빈스에 갈 수도 없고, 어쩌다 한 번 가는 배스킨인데 갈 때마다 제일 맛있는 아이스크림을 먹어야 할 것 아닌가! 그러니 먹어보지 않았던 아이스크림에 도전하는 건 쉽지 않다. 그래서 내가 생각했던 건 '31가지 아이스크림 모두를 한 입씩 먹게 해달라고 하면 먹게 해줄까?' 였다. 거절당할 것이라 생각하고 도전을 했는데 본의 아니게 성공을 해버렸다. 지은이가 말하는 것처럼 거절당하는 것 또한 쉽지 않다는 것을 깨달았다. 진짜 거절당할 것 같은 도전만 10번 해봐라! 5번 이상은 성공할 것이다. 그 성공이 당신에게 자신감을 선물해줄 것이다.

• 아무것도 없는 방에 살고 싶다, 미니멀 라이프 연구회

- 미니멀 라이프란 자신을 둘러싸고 있는 물건을 필요한 것

만 최소한으로 남기고 홀가분하게 사는 라이프스타일을 말한다. 한국에도 '미니멀' 한 삶의 방식을 선택하는 사람들이 많아지고 있다.

이 책에는 물건을 줄인 공간을 풍요로운 시간으로 채워가는 열 명의 미니멀리스트 이야기가 나온다. 그들은 물건을 버리고 단순하게 살아가기로 결심한 후 삶의 변화가 찾아온다. '마음이 편해지고 스트레스가 줄었다.' '다른 사람과 비교하는 일을 멈추고, 원하는 삶을 향해 꿋꿋이 나아갈 수 있는 힘을 얻었다.' '여유 시간이 생겨서 자신이 정말로 하고 싶은 일을 하게 되었다.'

그냥 줄인다고 미니멀 라이프가 아니다. 미니멀 라이프란 심플한 생활을 통해, 마음과 생각을 정리하는 것이다. 이 책에 소개된 열 명의 이야기를 통해 물건을 버린 후, 더 적게 소유함으로써 더 풍요롭게 살아갈 수 있는 미니멀 라이프의 매력을 느낄 수 있다. 누구나 복잡하고 머리 아픈 삶에서 벗어나 홀가분한 마음으로 살아가고 싶어 한다. 나도 이 책을 읽고 많은 공감을 했다. 그래서 세계여행을 떠나기 전 내가 멘토링을 해줬던 제자들을 집으로 초대를 했다. 그리고 집에 있는 옷, 가방, 시계, 지갑 등 필요한 것들이 있으면 다 가져가라고 했다. 나의 옷걸이에는 옷이 거의 남아 있지 않았다. 언젠가 입을 것 같다는 생각에 버리지 못 했던 물건들, 사용하지 않지만 버리기 아까웠던 물건들, 제자들에게 선물함으로써 깔끔하게 정리가 되었다. 그런데 사실 선물해 줄때 주기 아까운 물건들도 있었다. 그런데 마음 편하게 줄 수 있었던 이유는 세계여행을 1년 넘게 할 줄 알았다. 그래서 패딩까지 다 줘 버렸는데 겨울이 끝나기 전에 돌아와 버렸다. 그래서 몇 개를 다시 사야했지만 그래도 쓸데 없이 무조건 갖고 있는 것 보다는 나눔이 더 좋으며, 진짜 나에게 필요한 것만 갖고 있음으로 인해 작은 것의 감사함과 물건을 소중하게 대하는 마음이 생겼다. 당신한테도 이 책이 '아무것도 없는 방'을 만드는 계기와 자극제가 되어줄 것이다. 넘치는 물건으로 삶이 복잡한 사람들을 위한 미니멀 라이프 책을 통해 필요 없는 물건을 버리고 마음과 인생까지 정리할 수 있기 바란다.

05

시간이 없다고? 책 읽는 아이돌
방탄소년단 RM(랩몬스터)

십대시절에는 연예인에 열광을 한다. 많은 십대
들이 연예인을 꿈꾸기도 한다. 한국 연예인들의 인기는 한반도
를 넘어 아시아, 유럽, 미국에서도 인기가 엄청나다. 사실 한류,
한류 하더라도 동남아시아나 동아시아에서 인기가 좋았지 유럽
이나 미국까지 인기를 끌었던 한류스타는 없었다. 동남아시아
여행을 많이 가봤는데 현지에 살고 있는 한국인이나 몇 명의 현
지인들만 내가 물어보는 K팝 스타들을 알 정도였다. 동남아시
아와 미국 어디에 가도 한국음악을 들을 수가 없었다. 유럽도 마
찬가지였다. 그런데 싸이는 정말 달랐던 것 같다. 스위스에 놀러
갔을 때의 일이다. 산 위에 있는 마을을 구경하고 있었는데, 또
박또박한 목소리로 어디선가 "오빠~ 강남스타일~"이라는 소리

가 들렸다. 고개를 돌려 쳐다보니 스위스 청소년들이 강남스타일을 따라 부르고 있는 것이다. 정확히 어느 나라인지 기억을 안 나는데, 거리에 상점에서도 싸이의 '강남스타일' 노래가 흘러나왔다. 싸이의 '강남스타일'은 아쉽게 빌보드차트 1위를 하지 못했다. 한국어 노래로는 최초로 빌보드 HOT 100차트 1위를 할 수 있었는데 아깝게 2위로 끝이 났다. '강남스타일'은 유튜브 조회수는 28억9천500여회로 5년 동안 1위를 유지하다가 '시 유 어게인'에 밀려 2위가 되었다.

싸이가 이루지 못한 한국어 최초 빌보드 HOT 100차트에서 1위를 차지한 가수가 있다. 싸이의 뒤를 이어 전 세계 한류열풍을 몰고 다니는 그룹 '방탄소년단'이다. 프랑스사람들이 공원에서 방탄소년단의 노래를 틀어 놓고 한국어로 노래를 부르며 춤을 추는 모습에 방탄소년단의 위력을 생각할 수 있었다. 방탄소년단은 〈Map of the Soul〉의 'Persona'로 '빌보드 200' 정상을 차지했다. 방탄소년단의 1위 석권은 이번이 처음이 아니다. 2018년 6월 'Love yoursef'로 첫 번째 빌보드차트 1위를 달성했고, 이어 9월에 'Answer'로 또 한 번 1위의 영예를 안았다. 이 세 차례의 정상 등극은 단 11개월 만에 이뤄낸 기록으로, 방탄소년단은 비틀즈 이후 최초로 1년 동안 3개의 곡을 정상에 올린 가수가 됐다. 심지어 비틀즈보다 더 빠른 시간에 3개의 곡이 정상에 올랐다. 이로 인해 비틀즈를 뛰어 넘었다는 이야기도 나오고 있다. 빌보드 차트의 K-Pop 관련 리스트에는 1위부터 10위 상위가 모두 방탄소년단의 노래일 정도로 열풍을 보여주고 있다. 이외에도 최근 '아메리카 갓 탤런트'에서 무대를 펼치는 등 미국 주류 미디어와 매체에서 종횡무진을 하며 기존에 없던 한류의 선례를 세우고 있는 방탄소년단이다.

독서가 마음의 양식인 것은 다 알지만 현대인들은 바쁘다는 핑계(?)를 대며 독서할 시간이 없다고 말을 한다. 그렇다면 전 세계를 누비며 정말 쉴 틈 없는 방탄소년단은 책 읽을 시간이 있을까? 방탄소년단이 한 매체와 진행한 인터뷰 글이 화제를 모으고 있다. 멤버들이 질문에 답할 때 사용하는 어휘와 문장을 구사하는 능력이 엄청났기 때문이다. 그들의 인터뷰 기사를 읽어보면 누가 봐도 '독서'를 많이 한 티가 난다. 방탄소년단 멤버 모두가 작사와 작곡 능력에 뛰어난 이유를 알 수 있다. 그중에서도 특히 랩을 담당하고 있는 리더 RM(랩몬스터)은 독서가 취미로, 문학작품을 통해 가사나 곡의 영감을 얻는다고 직접 언급한 바도 있다.

이처럼 독서는 직업을 가리지 않고 정말 다양한 곳에서 자신의 능력을 발휘할 수 있도록 돕는 역할을 한다. 문제집을 던져버리고 책을 읽어야 하지 않을까?

방탄소년단의 RM은 미국 유명 대중음악 매거진 롤링스톤에서 "음악을 만들기 전에 작가가 되고 싶었다."고 밝히며, 좋아하는 작가로 헤르만 헤세, 무라카미 하루키, 알베르 카뮈를 뽑았다. 신곡 기자간담회를 하러 올라오는 순간까지도 무라카미 하루키의 〈기사단장 죽이기〉를 읽었다고 고백했다. 〈1Q84〉를 읽으며 곡의 영감까지 얻었다고 하는데, 앞으로 방탄소년단 노래를 들을 때 하루키의 흔적을 찾아보는 것도 재미있을 것이다. 재미를 느끼고 싶다면 하루키의 책을 읽어야 될 것이다.

RM 말고도 독서광인 연예인들이 많다. 연예인들의 인터뷰 내용이 여러분들에게 도움이 되길 바란다.

〈윤시윤〉

'1박 2일' 프로그램을 통해 엄청난 독서량을 자랑한 배우 윤시윤. 활자중독으로 유명한 그는 늘 손에서 책을 놓지 않는다고 한다. 그는 촬영현장에서도 책을 놓지 않고 집에는 2,000권의 다양한 분야의 책이 꽂혀 있다고 한다. 그리고 그는 스케줄이 없을 때는 직접 서점에 찾아가서 책을 구입한다고 한다.

〈김효진〉

책으로 인해 유지태와 결혼을 하게 된 배우 김효진. 그녀의 독서하는 모습에 호감이 갔다고 한다. 김효진은 책에서 본 내용과 느낀 점을 그대로 실천하는 것으로 유명하다. 그는 〈육식종말〉 책을 읽고 채식주의를 선언했으며, 더 나아가 절대로 모피 옷을 입지 않겠다고 선언하기도 했다.

〈장동건〉

대한민국 대표미남 배우 장동건. 얼굴로만 연기를 한다는 소리를 듣지 않기 위해 연기활동을 잠깐 중단하고 대학에 입학 해 연기 공부까지 했다. 그는 1주일에 평균 3권 이상의 책을 읽는 것으로 유명하다. 장동건의 별명은 '잡식성 독서광'이다.

〈신세경〉

'거침없이 하이킥'으로 스타가 된 배우 신세경. 독서 또한 거침없이 하는 것으로 유명하다. 작품 속에서 책과 관련된 스틸 컷이나 촬영 모습이 많은 신세경은 실제로도 독서광이라고 한다. 다양한 장르를 읽지만 그 중에서 특히 소설류를 좋아한다고 한다.

〈김혜수〉

'배우를 하기에는 부적합한 사람'이라고 스스로를 평가하는 대한민국 TOP 배우 김혜수. 외적인 아름다움을 뽐내는 그녀는 지성도 갖춘 연예인으로 유명하다. 김혜수는 책과 관련된 규칙이 있다고 한다. 여러 권의 책을 동시에 보고 잠들기 전에 보는 책과 이동할 때 보는 책이 다르며 장르를 가리지 않고 모든 종류의 책을 본다는 것이다. 김혜수는 책에 대해 "책은 나의 자생력을 키워준 원천"이라고 말했다. 기본적으로 좋아하는 작가의 책은 다 찾아본다고 하는데, 만일 한국에 출간되지 않은 책을 발견하게 되면 해외에서 해당 도서를 구매해서 개인 번역가에게 번역을 맡겨 책을 읽는다고 한다. 김혜수는 외국어로 된 책도 읽는다고 하는데 그 덕분인지 무려 5개 국어를 구사한다고 한다.

〈최현우〉

대한민국 최고의 마술사 최현우도 알아주는 다독 왕이다. 대략 1년에 200권이 넘는 책을 읽는다고 한다. 그는 자신의 영감의 원천은 책이라고 말했다. "책이야말로 삶을 가장 멋지게 변화시켜 주는 마술이다"라고 말하는 최현우. 사고를 변화시켜 주기도 하고, 역경이 닥쳐왔을 때 자신을 지탱할 수 있게 정신적인 지주가 되어주는 것이 책이라고 한다.

⟨차은우⟩

보이그룹 '아스트로' 의 멤버인 차은우. 연습생 시절 때 독서 토론 수업을 하는 모습이 뉴스에 방영되기도 했다. 당시 인터뷰에서 수업을 하는 이유에 대해 "연예인은 다양한 사람을 접하는 직업이기 때문에, 많은 사람들 앞에서 매끄럽게 대화하기 위해서 책을 읽는다."고 답했다.

⟨오광록⟩

천의 얼굴을 가진 배우 오광록. 하루의 시작을 독서와 함께 한다고 한다. 아침에 직접 원두를 갈아 커피를 만들어서 해먹 위에서 커피를 음미하며 책을 읽는 것이 그의 일상이라고 한다. 무명 시절에는 삼청동 자취방에서 두부 한 모와 담배 한 갑으로 하루를 버티면서 책을 읽었다고 한다. 독서뿐만 아니라 시에도 재능이 있다는 그는 촬영지에서도 시를 쓴다고 알려져 있다. 조만간 자신이 직접 쓴 시를 모아 시집을 낼 계획이라고 한다.

〈하니〉

걸그룹 EXID의 멤버 하니. 아이돌 중에서도 손꼽히는 독서광이라고 한다. 하니는 〈냄비받침〉 프로그램을 통해 책을 많이 읽게 된 계기를 밝혔다. '활동을 하면서 힘들 때 마땅히 얘기할 사람이 없으면 책에서 조언을 많이 얻었고, 거기서 다시 기운을 찾았다'

06
서울대 권장도서가 아닌
나만의 필독서!

대한민국은 연령별 필독서가 존재한다. 나는 지금 성인이 되었지만 십대시절 필독서가 뭐였는지 기억도 나지 않는다. 대부분의 어른들도 십대시절 필독서를 읽지 않았을 것이다. 필독서인데 아무도 읽지 않는 책인 필독서! 언제까지 이 필독서의 틀에 갇혀서 살 것인가? 많은 아이들이 책이 싫어지는 계기 중에 하나는 글쓰기 대회와 독후감 때문일 것이다. 내 생각을 쓴 글인데 왜 평가를 받아야할까? 평가를 받다보면 주눅이 들게 된다. 심지어 글을 잘 쓰던 십대들도 부담감을 느낄 것이다. 그럼 글에 힘이 들어가고 글을 잘 쓰려고 하게 된다. 이런 글에 문학이 들어갈 수 없고, 이런 글에 행복함이 들어갈 수 없다. 글은 표현이다. 잘 쓰기 위해서 존재하는 것이 아니다. 나의 생각을 표현하기 위해 존재하는 것이다.

독후감에는 틀이 있다. 써야 되는 형식이 존재하는 이유는 평가를 쉽게 할 수 있어야 성적을 매길 수 있기 때문이다. 형식만 존재하는 것이 아니라 읽어야 되는 책 또한 정해져있다. 방학숙제를 보더라도 읽고 싶은 책을 읽고 독후감을 써오는 것이 아니라 학교에서 정해준 책 몇 권은 꼭 읽고 독후감을 써야한다. 책 자체를 싫어하는 십대들이다. 읽고 싶은 책 정도는 마음대로 정할 수 있게 해줘야 책 읽는 습관이 겨우 형성 될 텐데 평가를 해야 되기 때문에 이건 중요하게 생각하지 않는다. 읽기 싫은 책을 읽는데 책의 내용이 기억에 남을 리가 없고 느낀 점이 생기기도 힘들다.

'서울대 권장도서' 라는 것이 있는데 서울대 누가 만들었는지 모르겠지만 십대시절에 그 분들은 권장도서를 다 읽어보셨을까? 다 읽어 보셨을 수도 있다. 그분들은 책을 좋아하셨을 테니 말이다. 서울대 권장도서가 나쁘다는 것이 아니다. 여기에 선정된 책은 세계적인 문학, 스테디셀러인 철학서, 훌륭한 인물들의 이야기를 담고 있는 책들이다. 분명히 읽기만 한다면 100% 도움이 될 것이다. 도움이 될 뿐만 아니라 의식수준의 비약적 성장과 깊은 깨달음을 느낄 수 있을 것이다. 그런데 책도 안 읽는 십대들이 스스로 선택해서 읽어도 읽을까 말까인데 억지로 선정을 해주고 억지로 읽게 해서 억지로 읽는데 그들에게 도움이 되겠는가. 책만 더 싫어질 뿐이다.

어떤 책이라도 좋으니까 어른이나 전문기관이 정해주는 권장도서가 아닌 스스로가 정한 독서리스트를 만들었으면 한다. 일단 책이 재미있다는 인식을 느낄 수 있게 해줘야한다. 책의 유익한 점은 더 이상 설명하지 않아도 된다. 재미있다고 인식을 하게 될 때 스스로 찾아서 책을 읽게 될 것이다. 자기만의 리스트를 만들어서 서점이나 도서관에 가서 대충 읽어보고 재미있으면 계속 읽으면 되고 재미없으면 리스트에 지우면 된다. 이렇게 직접 채우고 지우고 해서 만든 독서리스트가 진짜 그 사람의 필독서인 것이다. "내가 반드시 읽은 책!" 나의 필독서는 페이스북에 올려져있다. 이 필독서를 찾고 싶다면 '안병조' 라고 치고 2017년 12월 31일에 올린 글을 찾아보길 바란다. 찾기 귀찮을 것이다. 찾을 필요 없으니 내가 이렇게 말하는 것이다. 남의 필독서에 신경 쓰지 말고 나만의 필독서를 만들자.

대한민국 최초로 칸 영화제에서 황금종려상을 수상한 봉준호 감독은 소문난 '만화 광' 이다. 2004년 만화서점에서 만화 '설국열차' 를 우연히 읽고 매료되어 영화 '설국열차' (2013년)로 이어졌다. 영화 '기생충' 은 어디에서 영감을 얻었는지 궁금하다. '아바타' '타이타닉' '터미네이터' 등 세계적인 영화를 만든 제임스 캐머런 감독은 고등학교 시절 먼 거리를 버스로 통학하면서 SF소설을 많이 읽었다고 한다. 책만 읽는 것이 아니라 SF소설에 묘사된 장면들을 그림으로 그리는 습관도 있었다고 한다. 이 습관을 통해 영화 스토리보드 훈련을 한 셈이다. 프랑수아 트뤼포 감독은 어려웠던 청소년 시절에도 책을 손에서 놓지 않았다고 한다. 19세기 프랑스 소설가 오노레 드 발자크를 애호한 그는 '하루에 영화 세 편을 보고 이틀에 글 한 편을 쓰고 일주일에 책 세 권을 읽는' 원칙을 세워 지키기 위해 애썼다.

법칙이 보이는가? 똑같은 법칙은 없다. 자신이 지킬 수 있는 법칙을 스스로 만들고 그냥 하면 된다. 그리고 진짜 내가 좋아하는 일을 한다면 법칙 따위도 필요 없다. 그냥 매일 본능적으로 할 테니 말이다.

07

책의 편견을 깨라

책은 어떻게 읽어야 할까? 처음부터 끝까지 다 읽어야 할까? 순서대로 읽어야 할까? 살아가는 기준이 있듯, 사람마다 책에 대한 기준이 있을 것이다. 살아가면서 편견을 갖지 않고 살아가는 것은 불가능하다. 마찬가지로 책에 대한 편견도 생길 수밖에 없다. 그런데 이 편견이 책을 읽는데 방해를 준다면 최대한 버리는 것이 중요하다고 생각을 한다.

나도 처음 책을 읽을 때는 책을 신성하게 여겼다. 최대한 깨끗하게 읽으려고 노력을 했다. 책에 연필자국 하나도 남기지 않으려고 했고, 절대 책은 꾹꾹 눌러 펴지 않았다. 그리고 작가 프로필부터 시작해서 마지막 장 한 글자까지 놓치지 않고 다 읽어야지만 한 권을 읽었다고 생각을 했다. 그렇다보니 한 권 다 읽을 시간이 없거나 다 못 읽을 것 같은 책은 읽지를 않았다. 책을 읽기 전 '다 못 읽을 것 같은데?' 라는 생각을 하게 되니 독서하는 습관이 잡히지 않았다. 정말 책은 처음부터 끝까지 다 읽어야 할까?

초대 문화부 장관 이어령 교수는 "처음부터 끝까지 책을 다 읽을 필요 없다."고 말씀 하셨다. 이어령 교수는 책에 필요한 부분만 대충 훑어 읽는다고 한다. 문화심리학자 김정운 교수도 처음부터 끝까지 다 읽지 않고 핵심만 골라 읽는다고 한다. 자기계발서를 몇 권 읽어본 사람들은 이 말에 공감을 할 것이다. 제목이 전부인 책도 있고, 목차만 대충 봐도 무슨 말을 하려고 하는지 알 수 있는 책들이 있다. 그런 책을 굳이 다 읽을 필요가 있을까? 그리고 책을 읽다보면 '유레카!' 하는 부분이 있다. 이어령 교수는 이때 책을 덮으라고 말씀하셨다. 이미 그 책의 핵심을 찾아냈기 때문에 더 읽어봤자 그 내용일 뿐이다.

이제는 나도 이 압박에서 벗어나 목차만 보고 재미있어 보이거나 궁금한 부분만 골라 읽는다. 책에 밑줄을 쭉쭉 끄을 뿐만 아니라 낙서도 하고 내 생각도 군데군데 적는다. 깨끗하게 읽을 때는 작가만의 책이었다면 밑줄을 긋고 내 생각을 적게 되면서 나의 책이 되었다. 하버드대학교 학생들은 책을 많이 읽는 것으로 유명하다. 공부할 시간도 부족할 텐데 어떻게 책을 읽을까? 하버드 학생들의 독서법 중에 하나만 살펴보자. 과제와 직결되는 책 10권을 고르고 책상 위에 10권을 둔다. 과제를 하다가 필요할 때마다 참고한다. 정확히 자기가 뭐가 필요한지를 알고 있으니 목차를 통해 필요한 부분만 읽는 것이다. 이런 식으로 과제를 하고 난 후에 하버드대학교 학생들은 10권의 책을 읽었다고 한다. 너무 쉽게 한 권을 읽을 수 있는 이 방법이지만 그 효과는 상상 이상이다. 급변하는 시대에 딱 필요한 부분만 발췌해서 읽을 수 있는 능력이 필요하다. 나의 부족한 부분을 찾고 그 부분을 보안할 수 있는 책을 읽는다면 엄청나게 발전된 삶을 살 수 있다.

다른 편견으로 책이 재미없다는 편견이 있다. 학교공부를 위해서 읽었던 책들, 남들이 읽어 라고 하는 필독서, 유행하는 책을 따라 읽다보니 이런 결과가 발생하는 것이다. 책의 장르는 무수히 많다. 아직 내가 읽어보지 못한 장르도 엄청나게 많을 것이다. 굳이 내가 그 장르를 다 읽을 필요도 없지만 반대로 아직 당신이 읽지 못한 장르에서 당신이 좋아하는 분야를 찾을 수 있다. 찾지 못하기 때문에 재미가 없다고 생각하는 것이다. 당신이 좋아하는 분야를 알고 있다면 그 장르를 찾아서 만화책부터 시작해서 책을 한 번 읽어보길 바란다. 분명 책이 재미있을 것이다. '이런 책이 좋은 책이야!', '너 나이에 무슨 만화책이야!' 라는 생각들이 책과 멀어지게 만든다. 왜 어른들은 동화를 읽으면 안 될까? 이 생각을 한 생텍쥐페리는 어른들을 위해 '어린왕자'를 만들었다. 편견을 깨는 순간 새로운 장르가 탄생하고 새로운 재미를 발견하게 되는 것이다. 좋은 책, 나쁜 책은 세상에 없다. 나에게 맞는 책, 맞지 않는 책이 있을 뿐이다. 굳이 나에게 맞지 않는 교과서만 허구한 날 보지 말고, 당신에게 맞는 책을 찾아 읽는다면 독서에 대한 편견들이 하나씩 깨질 게 될 것이다.

'who?'
읽어야 하는가?

자녀를 사랑한다면
자녀와 시간을 많이 보내자. 그리고 그 시간에
지적보다는 지적인 독서를 함께 하자.

01

전집 No, 엄마가 선택한 책?
엄마가 읽어라

나는 초등학교 고학년이 되기 전까지 책을 좋아
하는 아이였다. 초등학교 저학년 때 담임선생님께 받은 편지를
보면 '책 읽기를 좋아하는 병조'라는 글이 나온다. 그런데 초등
학교 고학년이 되면서 책을 싫어하게 되었다. 그 이유는 바로 엄
마 때문이다. 우리 엄마는 굉장히 귀가 얇다. 최근에 알게 된 사
실인데 본인 앞으로 된 보험만 15개가 넘었다. 보험을 그렇게 많
이 든 이유를 물어보니 홈쇼핑 때문이라고 한다. "마감임박 3분
남았습니다! 지금 수 천 명이 보험에 들었습니다. 다시 이런 기
회가 없습니다." 이런 말을 듣고 있으면 보험을 들 수밖에 없다
고 한다. 또한 주변에서 보험하시는 분들이 이 보험은 너무 좋다
며 이런 기회는 다시없으니 꼭 들어야 된다고 말을 했다고 한다.

이 정도까지 말 안 해도 보험을 들어 줄 우리 엄마인데 보험하시는 분들이 너무 친절하게 많은 설명을 해주신 것 같다. 보험 파는 분이 당연히 보험이 좋다고 말을 하지 '우리 보험은 좋지 않아요' 라고 말을 하겠는가!

내가 초등학생일 때는 가정을 방문해서 책을 파는 사람들이 있었다. 이런 분들이 방문해서 한두 권을 팔고 가겠는가? 최소 20권 되는 전집을 파셨다. 우리 집을 방문한 분이 책을 팔 확률은 100%다. 가정 방문해서 책을 파시는 분이 처음으로 판매를 시도한 집이 우리 집이었다면 아마 자신이 타고난 영업고수라고 생각을 했을 것이다. 나는 학교를 마치고 친구들과 놀다가 집에 왔는데 보지 못했던 책들이 50권 이상 꽂혀 있었다. 그날 따라 왠지 집에 가고 싶지 않았다. 이 책들 뭐냐고 물어보니 다 나를 위해서 구매한 책이라고 했다. 난 엄마한테 이런 책들이 필요하다고 단 한 번도 말 한 적이 없는데 말이다! 심지어 이런 책들의 가격은 장난 아니게 비쌌다. 나는 죽지 않기 위해 한 권의 책을 꺼내 읽었다. 분명히 과학과 자연을 쉽게 설명 해주는 만화책이라고 했었는데, 그림이 안 보일만큼 글자가 빽빽하게 적혀 있었다. 스토리는 하나도 없고 그림 안에 오로지 곤충이나 과학에 대한 설명만 있을 뿐이었다. 엄마는 분명 좋다는 이야기만 들었지 책을 펼쳐보지는 않았을 것이다. 정말 미치는 줄 알았다. 책을 읽지 않으면 밥을 안 준다고 하거나 용돈을 안 준다고 협박을 하니 눈물을 머금으며 어쩔 수 없이 책을 읽을 수밖에 없었다. 내가 너무 괴로워하니 나를 지극히도 사랑하는 엄마는 나를 위해 자연-과학 전집에 버금가는 역사-위인 전집을 사주셨다.

나는 이때부터 책이 싫어졌다. 정말 책에 대한 인식이 안 좋아졌다. 내가 고등학생이 되고 이 전집들이 필요가 없게 되니 이 전집들은 사촌 동생 집으로 가게 되었다. 나에게는 행복한 소식이었지만 사촌에게는 불행의 시작이었을 것이다. 만약 엄마가 한 권이라도 제대로 전집을 읽어봤다면 구매를 했을까? 난 절대 구매를 안 했을 것이라고 생각을 한다. 왜 본인이 읽지도 않는 책을 구매해주시는 걸까? 다 아들 잘 되라고 그랬을 것이다. 그런데 난 그 책들로 인해 오히려 과학이 싫어졌고 역사가 싫어졌다. 심지어 책이라는 것 자체가 싫어졌다. 그때 만약 엄마가 그 책들을(재미있다고 가정을 하고) 재밌게 읽고 계셨더라면 어땠을까? 나에게 전혀 강요를 하지 않더라도 엄마가 행복하게 책 읽는 모습을 보며 나도 그 책들을 읽게 되었을 것이다.

자녀들이 정말 잘 되길 원하는가? 그럼 그들에게 물어봐야 한다. "넌 뭐가 재밌니? 뭐할 때 호기심이 생기니?" 그리고 자녀와 함께 서점에 가서 흥미를 느끼는 부분의 책을 읽게 해주면 된다. 3권 1,000권 도전을 할 때 한 서점에서 책을 읽고 있었다. 책 읽을 수 있는 공간이 어린이 코너 밖에 없어서 거기서 책을 읽었다. 책을 읽던 중 할머니와 손녀의 대화를 듣게 되었다. 할머니께서는 손녀에게 "네가 읽고 싶은 책 아무거나 한 권 들고 와! 할머니가 사줄게!"라고 말씀하셨다. 손녀는 신이 나서 책을 구매하러 갔다. 할머니는 내 옆자리에 앉아서 손녀를 기다리셨다. 그리고 몇 분 뒤 그 아이는 책 한권을 들고 할머니 쪽으로 걸어오고 있었다. 아이의 표정을 정말 행복해보였다. 그런데 할머니는 아이가 어떤 책을 들고 오는지 보기 위해 손만 집중해서 보고 계셨다. 그리고 할머니의 표정은 일순간에 일그러졌다. "할머니 이 책이요."라고 말하는 손녀에게 할머니는 "그 책 갖다 놔!"라고 말씀하셨다. 왜냐고 물어보는 손녀의 대답에 할머니는 아무런 쓸모없는 책을 가져 왔냐며 공부에 도움이 되는 책을 갖고 오라고 하셨다. 그러면서 "너 그 책 2번 이상 볼 거야? 지난번에 사준 책도 한 번도 제대로 안 봤잖아! 갖다 놔!"라고 말씀을 하시는 것이다. 손녀는 울상이 되어 책을 갖다 놓으러 갔다. 손녀가 책을 갖다 놓으러 가는 모습을 보며 난 할머니께 말을 걸었다. "할머니, 저는 책과 관련된 일을 하는 사람인데요. 하나만 여쭤볼게요. 할머니는 두 번 이상 본 책이 몇 권이나 있으세요?" 할머니는 책을 한 번도 잘 안본다고 하셨다. "할머니도 두 번 이상 안 보는데 아이는 왜 꼭 두 번을 봐야하죠? 할머니 혹시 아이가 책을 갖고 올 때 표정을 보셨나요? 엄청 행복해 보였어요. 할머니 말씀대로 저 책이 안 좋은 책일 수 있어요. 그런데 이번 사건으로 인해 아이가 책을 싫어하게 되면 어떻게 하죠? 지금 책을 교육적인 책을 읽는 것보다 책에 대한 좋은 기억을 갖게 해주는게 더 중요하지 않을까요? 그리고 할머니께서 저 책을 사주시면 자기가 좋아하는 책을 사준 할머니를 더욱 좋아하게 될 거예요. 그러면 할머니랑 다시 서점에 오는 걸 좋아하게 되겠죠." 곧 아이는 책을 갖다 놓고 돌아왔다. 할머니는 손녀에게 "다시 그 책 갖고 와!"라고 말씀해주셨다. 아이는 놀라며 할머니가 갖다 놓으라고 해서 갖다 놨는데 왜 다시 갖고 오라고 하는지 놀라는 표정이었다. 감사하게도 할머니는 나의 말을 이해해주시고 그렇게 실천을 해주셨다.

전집 사건 이후로 내가 책을 안 읽는 걸 보시고 더 이상 책을 사주시지 않았다. 그런데 지금 우리 엄마는 새벽까지 독서를 하신다. 아들이 20대 중반부터 책에 미쳐있는 모습을 보시고 어머니도 책을 읽기 시작한 것이다. 나는 일 년에 200만 원 정도 책을 구매했다. 내가 책을 구매하면서 우리 집에는 TV대신 그 자리에 책꽂이가 생겼다. TV가 있던 곳에 지금은 1,500권 이상의 책이 놓여 져있다. 어머니는 내가 읽고 꽂아 놓은 책을 한 권씩 꺼내서 읽기 시작하셨다. 책을 읽으시다가 내가 집에 들어오면 이 재밌는 책을 나 혼자 읽었다며 혼을 내시며 더 재밌는 책을 많이 사라고 말씀하셨다.

자식은 부모의 뒷모습을 보고 배운다는 말이 있다. 그런데 요즘 아이들은 부모님의 뒷모습을 볼 시간이 없다. 부모님이 너무 바빠서 그런 것도 있고, 자녀들이 하루 종일 학원에 있다가 오니 그렇다. 그렇게 바쁜 시간을 보내고 겨우 몇 시간 얼굴을 볼까말까 하는데 그때 자녀에게 어떤 모습을 보여주기 보다는 어떤 지적을 하기 바쁘다. '숙제했니?', '학원에서 뭐 배웠니?' 자녀들은 부모의 앞모습 보기가 힘들다. 부모의 모습을 보며 배워야 하는데 부모의 어떤 모습도 보기 힘들다.

십대시절. 지식보다 더 중요한 것이 뭔지 아는가? 사람은 십대시절 뿐만 아니라 한 평생, 올바른 관심과 진심이 담긴 소통을 원한다. 십대시절에 이것을 배우지 못 한다면 한평생 이 부분에 결핍을 느끼며 살게 될 것이다. 자녀를 사랑한다면 자녀와 시간을 많이 보내자. 그리고 그 시간에 지적보다는 지적인 독서를 함께 하자.

02

자기 개발하는 아빠

100세 시대에 정년퇴직은 옛 말이 되었다. 이제는 정년퇴직하는 것도 힘들다. 말이 좋아 명예퇴직이지 거의 쫓겨나다시피 회사를 나온다. 정년퇴직을 했다고 치자 100세 시대인데 남은 40년 동안은 뭐하면서 살 것인가? 대부분 마지막 남은 퇴직금을 모아 자영업을 시작한다. 준비되지 않은 장사인데 장사가 잘 될 리가 없다. 정부가 아무리 바뀌어도 맛없는 내 요리를 먹어줄 고객은 없다. 식당을 하고 싶다면 최소한 제대로 된 메뉴를 선정하고 그 메뉴를 집에서 100번은 만들어 보고 식당을 차려야하지 않을까? 김치찌개를 할 수 있다는 이유로 김치찌개집을 한다고 해서 사람들이 그 김치찌개를 먹으러 오겠냐는 말이다. 연구를 해야 한다. 그것도 제대로 말이다.

나는 아직 결혼을 하지 않았다. 그렇지만 곧 결혼을 할 것이고 자녀를 둔 아빠가 될 것이다. 남의 이야기가 아닌 나의 계획을 말 해주고 싶다. 나는 지금 결혼할 사람과 결혼에 대한 이야기를 많이 나눈다. 어떤 남편이 될 것인지, 어떤 아빠가 될 것인지, 어떤 식으로 일을 할 것인지 등 많은 이야기를 나눈다. 여기는 독서와 관련된 책이니 독서와 관련된 부분만 이야기를 하려고 한다.

나는 결혼 전에 유아와 관련된 책을 읽고 배우자와 공부를 하려고 한다. 아이가 나왔을 때 처음 접해보는 여러 상황을 당황하며 급하게 그 일을 하는 것이 아니라 미리 준비 된 상태로 여유롭게 대처하며 살고 싶다. 그리고 이유식 및 여러 가지 요리를 유튜브와 책을 통해 배워서 미리미리 영양 좋은 음식들을 만들어 놓고 아이가 배고프다고 울 때마다 하나씩 꺼내서 맛있는 음식을 주고 싶다. 이 요리들을 아빠인 내가 직접해주고 싶다.

아이들이 좀 더 크면 난 유치원이나 학교를 안 보낼 생각이다. 단 아이가 가고 싶으면 대화를 통해 아이가 원하는 방향으로 선택할 수 있도록 도와줄 것이다. 유치원이나 학교에 가지 않고 아이와 같이 앉아서 책도 읽고 장난감도 갖고 놀며 함께 시간을 보낼 것이다. 만약 아이가 "아빠, 바람이 뭐에요?"라는 질문을 했다면 "바람이 바람이지! 사전 찾아봐!" 이렇게 설명해주는 것이 아니라 바람개비를 만들어서 아이와 함께 밖으로 나갈 것이다. 바람개비가 왜 흔들리는지 역으로 물어보고 아이가 바람의 존재를 느끼게 해주고 싶다. 여기서 끝내는 것이 아니라 나무가 바람의 흔들리는 것을 눈으로 볼 수 있게 해주고, 풀잎이 바람의 흔들리는 소리를 귀로 직접 들을 수 있도록 같이 무릎을 꿇고 바닥에 엎드릴 것이다. 그리고 준비한 병에 바람을 담아서 선물도 해주고 강에 가서 작은 배를 띄어서 배가 움직이는 모습을 보여주며 바람이 어떤 것인지 보여줄 것이다. 정답이 아닌 감정과 과정, 배움의 즐거움을 느끼게 해주고 싶다. 소설책을 읽다가 맛있는 음식이 나오면 같이 만들어보고, 실제로 그 식당이 있다면 함께 찾아가서 소설 속 주인공이 될 수 있도록 해줄 것이고, 역사책을 읽을 때는 역사적인 장소를 함께 방문해 역사의 숨결을 함께 느낄 것이다.

아이 교육뿐만 아니라 강연을 준비하고 새로운 책을 쓰는 모습을 아이에게 보여줘서 십대들만 공부를 하는 것이 아니라 어른이 되어서도 공부를 해야 된다는 것을 보여주고 공부가 재미있다는 것을 느끼게 해줄 것이다. 원래 공부는 재미있는 것이었다. 공부란 '이건 뭐지?' 라는 호기심에서 시작되었다고 생각한다. 내가 호기심을 느끼는 것을 충족시키는 것이 진정한 공부라고 생각을 한다. 이 부분에 대해 나만 느끼는 것이 아닐 것이다. 그러니 직업으로 만들어졌겠지. 그리고 공부를 통해서 직업을 배우니 말이다. 그런데 대학과 직업을 위해서만 공부를 한다면 인생이 너무 슬프다. 세상에는 아직 '이건 뭐지?' 가 많이 존재한다. 그것들을 찾고, 탐구하고, 공부를 한다면 새로운 직업, 발명품을 만들어 낼 수 있을 것이다. 난 자녀에게 이걸 느끼게 해주고 싶다. 그런데 내 책을 보고 '이 책 뭐지?' 라고는 생각 안 했으면 한다.

사람에게 꼭 필요하지만 사라진 건강한 '호기심'을 세상을 향해 질문하는 십대들이 많아지길 바란다.

03

엄마가 딸에게,
가원이가 엄마들에게

한 사람의 자신감 박탈은 연쇄 반응을 일으킨다. 그리고 그 피해는 착한 사람의 마음속에 쌓이게 된다. 착한 사람은 타인의 자신감을 빼앗지 않는다. 그러니 자신의 자신감을 빼앗을 수밖에 없다. 결국 나는 쓸모없는 사람이라고 생각을 하게 된다. 그래서 사회가 말하는 '착한 아이'가 된다. 사람들은 말한다. "우리 아이도 저랬으면……." 모든 아이들을 죽이는 말이다. 우리 사회가 개성은 없고 일시적인 유행만 있는 이유이다. 착한 사람은 자기 탓으로 돌리며 뭐든지 해결될 것이라고 생각을 한다. 그런 상황이 지속되면 이런 생각을 하게 된다. '도대체 나는 왜 태어났을까?'

착한 사람이 상처받고, 자신감을 빼앗기게 되는 것이 현실이다. 이 세상에서 가장 착한 사람들을 꼽으라면 난 어린아이들을 꼽을 것이다. 어른들의 생각을 강요받을 수밖에 없는 아이들은 자신의 생각은 꺼내보지도 못한 채 자신감 박탈의 연쇄 고리에 고스란히 노출된다. 이렇게 자란 사람은 연령별로 정해진 틀 속에서만 살아간다. 여기서 벗어나면 극도로 불안해한다. 여기서 벗어나면 죽음이라고 생각을 한다. 이렇게 자란 사람들은 다른 길, 다른 선택이 있다는 사실을 잊게 된다. 그래서 다른 길을 걷는 사람을 보면 "미쳤어?! 지금 뭐하는 짓이야? 왜 무모한 짓을 하니? 사서 고생을 하는구나!"라고 말한다. 그 결과 본의 아니게 자신의 자녀와 주변 아이들에게 자신의 경험만 똑같이 전달하게 된다. 그 순간부터 자신감과 개인의 개성 박탈의 연쇄 고리는 시작된다. 내가 겪었던 침울함을 본의 아니게 남에게 넘겨씌우게 되고, 사회는 침체된 지금의 구조에서 벗어나지 못하게 된다. 계속 살기 힘들다고 말하는 사람이 생겨나지만 이유도 모른 채 계속 늪에 빠져 있는 것이다. 이런 성향을 가진 사람들은 공통점이 있다. 자신보다 약한 사람과 비교한다는 점이다. 아이러니 하게도 자녀에게는 강한 사람하고만 비교한다. 이들의 행동이 자신감 박탈의 연쇄 고리를 양산한다.

연쇄라는 단어의 부정적인 의미로 언뜻 끊어내기 어렵다는 뜻처럼 보이지만, 사실 그리 어려운 일은 아니다. '부정적 사고와 사회 틀에서 벗어나면 나는 끝 난거야' 라는 생각에서 벗어나면 어떤 사슬도 철커덩 끊어낼 수 있다. 내가 겪은 침울한 감정과 경험을 다음세대가 겪지 않게 하려면 어떻게 하면 좋을지 진지하게 고민하고 행동으로 옮길 때 불행의 연쇄 고리, 즉 자신감 박탈의 연쇄 고리를 틀림없이 끊을 수 있다. 그리고 그것이 당신의 새로운 일거리를 제공해줄 것이다. ONLY ONE이 되는 것이다. ONLY ONE이 곧 NO.1이다. 이때는 물 같은 다짐이 필요하다. 상황에 따라 변화할 수 있는 유연한 마음이 필요하다. 틀에서 벗어 나야한다. 타인에게 상처 주는 악순환을 없애겠다는 사람이 점차 늘어나다 보면 머지않아 반드시 서로에게 자신감을 심어주는 행복한 세상이 찾아올 것이다.

그렇다면 이 끔찍하고도 불행한 연쇄 고리의 출발은 어디였을까? "쓸데없는 짓 그만하고 너 나이 때는 다 이거하니까, 너도 이건 해야 돼!", "넌 왜 다른 애들보다 늦니? 학원 찾아봐야 되나? 걱정이네." 비교하는 문화에서 불행이 왔다. 그러니 마음 편하게 멍하니 있어서는 안 된다고 말한다. 그런데 심심하고 따분

함을 경험해봤는가! 이때 사람은 '재미'를 찾게 된다. 여기에 창의성이 있다. 재미를 찾기 위해 고생하고 노력하면서 행복을 찾아 가는 것이다. 즐길 수 있어야 한다. '쉬는 것'과 '즐기는 것'은 언뜻 비슷해 보이지만 의미는 전혀 다르다. 우리는 주말에 쉬려고만 한다. 주말을 즐겨야 한다. 쉬는 것에 익숙해지면 안 된다.

나의 강연을 듣고 자신도 무대에 서고 싶다는 꿈을 꾼 한 학생이 있다. 강연 후 나에게 다가와 눈물을 흘리며 자신과 같은 학생들의 입장을 이해하고 대변해 주는 어른이 있다는 사실이 놀랍다며 자신들의 입장에서 이야기를 해줘서 고맙다고 가원이는 말한다. 그리고 한 달 뒤 "청춘도다리"라는 무대를 통해 그 학생의 꿈이 이루어지게 되었다. 광주 초등학생의 강연 내용은 모든 초등학생의 입장을 대변해준다. 가원이의 외침을 기억하자. 우리 시대를 살고 있는 아이들의 절규니 말이다.

[어른들은 저희 또래의 아이들을 보면서 "왜 꿈이 없냐고"들 많이 말씀하십니다. 그래서 꿈을 이야기 하면 또 이렇게 말합니다. "그런 꿈은 돈 벌기 힘들어!", "그건 힘든 꿈이니까 다른 거

생각해 봐", "그건 성공하기 힘든 거야."

그러면서 꿈을 가르쳐 주십니다. 공부를 좀 잘하는 친구들에게는 '의사'가 좋다고 하시고, '교사'가 되라고 하시는 경우도 있습니다.

그런데요. 제가 진짜 궁금한 건 의사나 교사하면 정말 행복할까요? 어른들이 해주시는 얘기를 들으면 "고맙습니다."라는 느낌보다 '하, 또 시작이다' 한숨부터 나온답니다. 한 선생님을 만났습니다. 그 선생님은 저에게 이렇게 말했습니다. 어른들이 말하는 직업을 꿈으로 정하지 말라고요. 그렇게 말해주는 사람은 처음이었습니다. '어떤 사람'이 되고 싶은지를 먼저 생각하라고 했습니다.

'어떤 사람' 내가 어떤 것을 좋아하고 어떤 일을 할 때 가장 집중이 잘 되는지를 생각해보라고 했습니다. 그리고 그 일을 하면서 어떻게 살아가야 할지를 고민하라고 하셨습니다. 그러면서 살면서 직업은 여러 번 바뀔 수도 있고 직업이 바뀌어도 괜찮다고 했습니다.

그래서 저는 제가 어떨 때 가장 집중이 잘되고 즐겁고 행복한지를 생각해보았습니다. 저는 지금 제 친구들과 놀 때가 제일 즐겁고 행복합니다. 그런데 이렇게 이야기 하면 너무도 당연한 이야기가 되겠죠?

그래서 그럼 과연 어떻게 놀 때가 가장 즐겁고 행복한 지를 생각해보았습니다. 저는 친구들과 "상황극"을 하고 놀 때가 가장 즐겁습니다. 상황극은 일단 하나의 상황을 설정하고 그 상황에 맞는 인물과 인물의 대사를 생각해보아야 합니다. 그런데 저는 그 상황을 설정하고 대사를 생각할 때 즉흥적으로 대사를 잘 만들어 낼 수 있습니다. 그리고 그 상황에 맞는 인물의 감정이나 표정을 연기해볼 때 매우 즐겁습니다.

그래서 제가 찾아보았습니다. 제가 즐겁고 행복함을 느끼는 이것을 나중에 어른이 돼서도 할 수 있는 일일까? 그리고 이것으로 다른 사람들에게 감동을 줄 수도 있을까? 네이버에 배우 겸 작가 겸 영화감독을 검색해 보았습니다. "구혜선"라는 배우 겸 작가가 나왔습니다.

제가 이렇게 꿈에 대해서 구체적으로 생각을 해보고 저의 생각을 부모님께 이야기 했습니다. 감사하게도 저희 엄마와 아빠는 저에게 이렇게 애기를 해 주셨습니다. "너가 가장 하고 싶은 일을 해. 괜찮아." 여러분 그때 제 마음은 어땠을까요? 당장 무언가를 이룬 것은 아니지만 누군가가 나의 꿈을 인정해 준 것 같은 느낌에 그저 좋았습니다.

그런데 저의 꿈에 관한 이야기를 들으셨던 할머니와 이모들 그리고 가까운 친척 어른들이 저에게 또 다른 반응을 보이십니다. "왜 연예인 되려고 하냐?", "연예인은 되기 힘들다!", "성공하기 힘들다."라는 말들을 하셨습니다. 그 말들을 들었을 때 제 기분은 어땠을까요?

"아! 나를 믿지 못 하는구나"라는 생각이 가장 크게 들었고 자신감이 많이 떨어져 나가는 기분이었습니다. 그냥 제가 꾸는 꿈만 '못 이루겠구나' 라는 생각보다는 모든 부분에서 제가 능력이 없는 아이라는 생각이 들었습니다.

이 자리에 계신 어른들과 부모님들께 말씀드리고 싶습니다.

자녀들의 행복을 원하신다면 당장 돈을 많이 벌거나 유명한 사람이 되느냐를 떠나서 본인이 행복해 하는 그 어떤 꿈도 꿀 수 있음을 인정해 주셨으면 합니다.

제가 얼마 전에 읽은 "마시멜로 이야기"라는 책에는 이런 이야기가 나옵니다.

"설령 내가 대통령이 된다고 말해도 난 비웃지 않을 거야. 아무리 대단한 사람이라도 남의 꿈에 대해 비웃을 자격은 없다고 생각해" 저도 똑같은 생각입니다. 꿈은 평가 받는 대상이 아니라 응원을 받아야 할 대상입니다.

여러분 이제 마무리하겠습니다. 부모님들이 자녀의 꿈에 대해서 경험을 먼저 하신 분들로서 조언을 해 해주시는 건 좋지만 어른들의 평가에 의한 무조건 안 된다는 말을 먼저 하지 말아주셨으면 합니다. 그 안 된다는 말 한마디가 저희들에게는 상처도 되고 때론 비웃음으로 들리기도 하고 결국은 자신감을 잃게 하거든요.

인생은 길다고 어른들은 얘기 하십니다. 그렇기에 저희들이 나중에 어떤 사람이 될지는 아직 아무도 모릅니다. 그게 현실적으로 아주 어려워 보이는 꿈일지라도 한번 도전해보라고 한번 시도해보라고 부모님들께서 먼저 이야기 해준다면, 힘일 날 것 같습니다. 설령 나중에 그 아이가 그 꿈을 이루지 못하더라도 지금 이 순간 그 아이는 세상 누구보다 큰 자신감을 갖게 될 것입니다. 저는 믿습니다.

이 자리를 통해 저의 꿈도 많은 아이들의 꿈도 응원 받으며 자신만의 행복한 시작을 할 수 있으면 좋겠습니다. 저 역시 대한민국 모든 친구들의 꿈을 응원하겠습니다. 지금까지 저의 이야기를 들어 주셔서 감사합니다.]

가원이의 외침은 가원이만의 외침이 아님을 어른들은 기억해야 한다. '엄마가 딸에게' 라는 곡이 있다. 김창기님께서 작사, 작곡했고 양희은가수가 부른 노래이다. 이 노래로 이번 장을 마무리 하려고 한다.

"난 잠시 눈을 붙인 줄만 알았는데 벌써 늙어 있었고
넌 항상 어린 아이일 줄만 알았는데 벌써 어른이 다 되었고

난 삶에 대해 아직도 잘 모르기에 너에게 해줄 말이 없지만

네가 좀 더 행복해지기를 원하는 마음에

내 가슴 속을 뒤져 할 말을 찾지

공부해라 아냐 그건 너무 교과서야

성실해라 나도 그러지 못했잖아

사랑해라 아냐 그건 너무 어려워

너의 삶을 살아라

난 항상 세상 살았는 줄만 알았는데 아직 열다섯이고

난 항상 예쁜 딸로 머물고 싶었지만 이미 미운 털이 박혔고

난 삶에 대해 아직도 잘 모르기에 알고픈 일들 정말 많지만

엄만 또 늘 같은 말만 되풀이하며 내 마음의 문을 더 굳게 닫지

공부해라 그게 중요한 건 나도 알아

성실해라 나도 애쓰고 있잖아요

사랑해라 더는 상처받고 싶지 않아

나의 삶을 살게 해줘

왜 엄만 내 마음도 모른 채 매일 똑같은 잔소리로 또 자꾸만 보채

난 지금 차가운 새장 속에 갇혀 살아갈 새처럼 대답해

원망하려는 말만 계속해 제발 나를 내버려두라고

왜 애처럼 보냐고 내 얘길 들어보라고 나도 마음이 많이 아퍼

힘들어하고 있다고 아무리 노력해봐도 난 엄마의 눈엔 그저

철없는 딸인 거냐고 나를 혼자 있게 놔둬

내가 좀 더 좋은 엄마가 되지 못했던 걸 용서해줄 수 있겠니

넌 나보다는 좋은 엄마가 되겠다고 약속해주겠니

엄마 나를 좀 믿어줘요 어려운 말이 아닌 따스한 손을 내밀어줘요

날 걱정해주는 엄마의 말들이 무겁게 느껴지고

세상을 살아가는 게

무섭게 느껴져 왜 몰래 눈물을 훔쳐요 조용히 가슴을 쳐요

엄마의 걱정보다 난 더 잘 해낼 수 있어요 그 무엇을 해내든

언제나 난 엄마의 딸로 다 버텨내고 살아갈 테니 걱정하지 마요

말하지 않아도 난 알고 있다고 엄만 그 누구보다 나를 사랑한단 걸

그래서 난 자신 있게 말할 수 있어 엄마처럼

좋은 엄마 되는 게 내 꿈이란 거

말하지 않아도 다 알고 있다고 엄만 그 누구보단 나를 사랑한단 걸

그래서 난 자신 있게 말할 수 있어 엄마를 행복하게 해주는 게

바로 내 꿈이란 거

모든 아이들의 꿈이다. 대한민국의 더 많은 가원이가 나올 수
있도록 모든 아이들의 꿈을 응원한다.

10대 3가지만 잘하자
잘 놀고, 잘 읽고, 잘 돌아다녀라!

잘 놀고, 잘 읽고, 잘 돌아다니는 것! 이게 최고의 공부법이고 최고의 독서법이다. 세상에는 두 가지의 책이 있다고 한다. 우리가 잘 알고 있는 책과 세상이라는 어마어마한 책이 존재한다. 십대시절에 두 가지 책을 접하지 못 한다면 세상을 바라보는 시각은 협소해질 것이다. 틀을 버려야 성공할 수 있다. 세상은 넓고 할 일은 많다. 틀에 갇혀 교과서만 보지 말자. 교과서는 학교에서 교과 과정에 따라 주된 교재로 사용하기 위하여 편찬한 책이다. 주된 교재가 시대를 따라가지 못 한다면 주된 교재를 바꿔야 한다. 교과서의 또 다른 뜻은 해당 분야에서 모범이 될 만한 사실을 비유적으로 이르는 말이라고 한다. 비유는 어떤 현상이나 사물을 직접 설명하지 아니하고 다른 비슷한 현상이나 사물에 빗대어서 설명하는 일이라는 뜻을 갖고 있다. 십대 여러 분들의 가능성은 어떤 사물에 빗대어서 설명할 수 없는 무한한 가능성을 갖고 있다는 사실을 기억했으면 좋겠다. 많은 부모님 들이 사교성과 인성을 고민한다. 성공하면 다 해결 된다. 그런데 성공하는 방법은 교과서에만 있는 것이 아니다. '버닝썬' 처럼 성공하는 것이 아닌 진정 올바른 방법으로 성공을 한다면 사람 들을 의식해서라도 인성이 좋을 수밖에 없다. 그리고 십대들이 매일 경쟁하고 매일 비교를 당하는데 인성과 사교성이 좋을 수 있겠는가? 자기보다 공부 못하는 친구를 무시하고 자기보다 못 사는 친구들과 어울리지 못하게 하는 어른들 밑에서 자란 아이 들이 말이다. 문제를 일으켜도 사과보다는 대학갈 때 피해를 입 을까봐 걱정을 하는데 여기에서 인성은 찾아볼 수가 없다. 성적 만 떨어지지 않는다면 모든 걸 다 대신해주는 학부모가 바뀌어 야 아이들도 바뀔 수 있다. 십대들의 무한한 가능성을 보고 싶 다. 그러니 교과서에서, 학원에서 그만 나와서 'Show me your talent'

1,000권의 책을 읽었더라면 10대 시절부터
내가 꿈꿨던 삶을
살 수 있었을 텐데라는 아쉬움이 있다.

이 책을 읽고 내가 그랬던 것처럼
이 책 또한 십대들에게 큰 선물이 되었으면 한다.
난 확신한다. 이 책을 통해 당신의 삶에도
기적이 일어날 것을!